Sol Stein ist einer der vielseitigsten amerikanischen Schriftsteller. Er fand Anerkennung als Bühnenautor, als Verfasser von Gedichten, als Mitarbeiter zahlreicher Zeitschriften, als Romanautor und auch als Verleger. Internationalen Erfolg hatte er vor allem mit seinen Romanen »Aus heiterem Himmel«, »Ein Zimmer zum Leben« (Knaur-Taschenbuch 521) und »Der junge Zauberer«.

D1721699

April 1980
Vollständige Taschenbuchausgabe
© der deutschen Ausgabe Droemersche Verlagsanstalt
Th. Knaur Nachf. München/Zürich 1976
Titel der Originalausgabe »The Childkeeper«
Copyright © 1975 by Sol Stein
Aus dem Amerikanischen von Gisela Stege
Umschlaggestaltung Ursula und Peter J. Kahrl
Satz IBV Lichtsatz KG, Berlin
Druck und Bindung Mohndruck, Gütersloh
Printed in Germany
ISBN 3-426-00672-3

Sol Stein:
Aus heiterem Himmel

Roman

Droemer Knaur

Für Robin, der mich lehrte,
was es heißt, natürlich zu sein

Dank

Einen Verleger zu verlegen ist etwa so, als operiere man einen Chirurgen, der hellwach jeden Handgriff kritisch beobachtet. Deswegen haben zwei meiner Freunde, Tony Godwin und Patricia Day, ein Lob für Tapferkeit und meinen Dank verdient, weil sie mir bei den verschiedenen Entwürfen für dieses Buch geholfen haben.

Dank schulde ich außerdem Michaela Hamilton für ihre erstaunliche erste Reaktion und die stets lebhafte Anteilnahme, die mir so sehr geholfen hat, meinem Freund Judge Charles L. Brieant Jr. für seine juristischen Auskünfte und Edward G. DiLoreto für seine Erläuterungen über die Arbeit der Polizei.

Zuerst lieben Eltern ihre Kinder;
wenn sie heranwachsen, richten sie über sie;
und manchmal verzeihen sie ihnen auch.

(Ich bitte Oscar Wilde um Vergebung)

1

Für Roger Maxwell waren die besten Jahre seines Lebens gekommen. Er hatte gelernt, ein angenehmes Eheleben zu führen. Er fand sich allmählich mit der Tatsache ab, daß seine vier Kinder zuweilen liebenswert, zuweilen bösartig waren. Er überwies seiner Kirche – die er selber nicht besuchte – Spenden, die er von der Steuer absetzen konnte. Er war mit seiner Regierung zufrieden. In Gegenwart jüngerer Männer mit Bart kam er sich altmodisch vor, blieb aber trotzdem selbstsicher. Roger Maxwell hatte nichts übrig für flüchtige Liebschaften oder Freunde, sondern konzentrierte sich ausschließlich auf sich selbst und seine Frau Regina: Sie waren ein Paar, das, sogar an Noah gemessen, die Rettung vor der Sintflut verdient gehabt hätte.

Vor einigen Tagen war er in der Bank, bei der er seit mehr als einem Vierteljahrhundert arbeitete, gerade im Begriff gewesen, einige Papiere in seiner Aktentasche zu verstauen, die er unterwegs im Pendlerzug lesen wollte, als er völlig unerwartet ins Zimmer des Aufsichtsrates gerufen wurde. Bei Champagner und unter zahlreichen Glückwünschen teilte man ihm mit, er sei zum Leitenden Direktor aufgerückt – dem höchsten Posten, der einem Mann offenstand, welcher mit der Familie, aus der die Bank seit sechs Generationen ihre Geschäftsführer bezog, nicht blutsverwandt war. Hätte der Teufel Roger Maxwell an jenem Tag auf dem Nachhauseweg auf die Schulter getippt und ihn nach seinen zukünftigen Ambitionen gefragt, er hätte nur die Antwort erhalten: »Das Leben genießen.«

Nach dieser Beförderung und der damit verbundenen Gehaltserhöhung konnte es sich Roger leisten, sein nun nicht mehr standesgemäßes Haus abzustoßen und sich ein wenig weiter draußen nach einer Traumvilla umzusehen. Und so erkundigte er sich nach dem besten Immobilienmakler in der Gegend von Chappaqua und Pleasantville. Seine Freunde nannten ihm die Firma Stickney.

»Kinder?« fragte Mr. Stickney.

»Vier«, antwortete Roger. »Ein Junge ist zwar auf dem College, aber wir brauchen trotzdem noch ein Zimmer für ihn.«

»Gäste?«

»Gelegentlich. Vor allem die Kinder. Die laden ihre Freunde gern zum Übernachten ein.«

»Irgendwelche bevorzugten Stilrichtungen?«

Roger hätte nun gern erklärt, massiver Backstein, aber er wußte, daß Regina damit nicht einverstanden sein würde, und so sagte er nur: »Ein älteres Haus, ein bißchen vornehm, und mit einem mindestens zwei bis drei Morgen großen Grundstück.«

Stickney, der in seiner Kartei geblättert hatte, stellte fest: »Da hätte ich im Augenblick fünf. Können Sie am Sonntag kommen, so etwa um zwei?«

»Selbstverständlich.«

»Bringen Sie die Kinder mit?«

»Ja.«

Stickney war zufrieden. Kinder gehörten zu seiner Taktik.

Den Chrysler-Kombi der Familie brachte an diesem vielversprechenden Frühlingssonntag Jeb zum Waschen, der mit sechzehn soeben seinen Jugendführerschein gemacht hatte. Und Jeb durfte die Maxwells später auch zu Mr. Stickney fahren, denn das war – fand Mr. Maxwell – nicht nur eine gute Übung für ihn, sondern auch dazu angetan, sein Selbstwertgefühl zu stärken. Harry, Maxwells Ältester, studierte schon im zweiten Jahr am Tufts-College. Und so waren es nur fünf Maxwells, die am Sonntag erwartungsvoll zur großen Besichtigungsfahrt aufbrachen. Jeb saß am Steuer, seine Eltern ein wenig beengt neben ihm auf dem Vordersitz und auf dem Rücksitz Theodore, zwölf, Dorry genannt, sowie das einzige Mädchen der Familie, die neunjährige Nancy. Für Roger Maxwell war das Auswechseln der Winterreifen, das er gerade hinter sich hatte, ein ebenso sicheres Zeichen für die Erneuerung der Erde im Frühjahr wie die rosa, roten und weißen Azaleen, die überall in Tarrytown zu blühen anfingen. Er war glücklich, daß er sich endlich ein größeres Haus leisten konnte, wie er und Regina es sich schon seit langem gewünscht hatten. Er reichte ihr den Arm, damit sie ihren durchschieben konnte. Er hätte gar nicht glücklicher sein können.

Roger schaute nach links. Jeb hielt den Blick fest auf die Straße gerichtet. Gut. Er wußte noch, wie nervös er gewesen war, als er mit sechzehn zum ersten Mal fahren durfte. Jeb wirkte entspannt; sein linker Ellbogen ruhte auf der Fensterkante, mit der Rechten hielt er lässig das Lenkrad, als fahre er schon sein Leben lang Auto. Roger fühlte sich sicher in Jebs Händen. Dorry und Nancy auf dem Rücksitz plauderten fröhlich. Dorry wünschte sich ein Haus in einer Ortschaft, wo er auch weiterhin in der Jugendliga spielen konnte, und er hoffte, sie würden nun, nachdem sein Vater Leitender Direktor in der Zentrale der Bank geworden war, endlich ganz in einem Haus bleiben können, das auch seine Mutter standesgemäß fand.

Nancy, das jüngste der Maxwell-Kinder, freute sich aus einem ganz besonderen Grund über diese Haussuche. Sie hatte mit ihren neun Jahren bereits einen recht ausgeprägten Geschäftssinn entwickelt und konnte eigenhändig Plätzchen backen, die sehr viel besser schmeckten als die handelsüblichen, die von den Girl Scouts jedes Jahr einmal an den Haustüren feilgeboten wurden. Nancy tat jeweils ein Dutzend in eine Cellophantüte und ging damit von Haus zu Haus, um sie mit erfreulichem Gewinn an den Mann zu bringen, größtenteils bei Nachbarn und Bekannten ihrer Eltern, denen es zu peinlich war, ihr nichts abzunehmen, obwohl Nancy einigen von ihnen inzwischen gewaltig auf die Nerven ging. Denn wenn ein Kunde sie nach einem Kauf auf der Straße ansprach und ihre selbstgebackenen Plätzchen lobte, erschien Nancy zwei- bis dreimal pro Monat bei ihm und präsentierte die obligate Tüte. So war sie über die ungeahnten Möglichkeiten eines Umzugs, der ihr einen ganz neuen Markt erschließen würde, noch weit begeisterter als die übrigen Mitglieder der Familie. Außerdem war sie überzeugt, ihren Vater überreden zu können, daß er sie hin und wieder in ihre alte Wohngegend fuhr, wo sie den Kunden dann mit dieser Fortsetzung ihrer Dienstleistungen eine freudige Überraschung bereiten konnte.

Vor vierundzwanzig Jahren hatte Regina Maxwell das Haus ihrer Eltern in South Carolina verlassen, und in ihrer Erinnerung war es allmählich zu jener Kolonialstilvilla mit Säulenvorbau geworden, die sie sich immer gewünscht hatte – von einer Geräumigkeit, über die zu verfügen ihr mit Roger und den Kindern bisher noch nicht beschieden gewesen war. Der ausgelassene Trubel der Kinder steckte sie an. Sie drehte sich zu ihnen um und mußte daran denken, wie sie ihr als Babys im Vergleich zu jungen Hunden und Katzen doch immer so ungeschickt vorgekommen waren, weil diese schon so kurz nach der Geburt umherlaufen und für sich selbst sorgen konnten. Regina erinnerte sich daran, wieviel gutes Zureden es gekostet hatte, bis Harry stehen konnte, ohne sofort wieder umzufallen. Und kaum stapfte Harry auf eigenen Beinchen durchs Haus – man wünschte sich hinten im Kopf Augen, um aufzupassen, daß er sich nicht immer wieder an scharfen Tischkanten stieß –, da begann der ganze Kreislauf von neuem mit Jeb und dann mit Dorry und dann mit dem endgültig letzten Kind, mit Nancy.

Aber Nancy wuchs so schnell, daß Regina wußte, ihr Dasein als Mutter würde schon bald ein Ende haben. Alle Kinder würden dann erwachsen sein, und sie haßte, haßte, haßte diesen Gedanken, denn dann würde sich ihr Leben von Grund auf ändern. Auch wenn ihr Masern, Ziegenpeter und Windpocken jedesmal wie eine tödliche Bedrohung erschienen waren, wenn die Kinder diese Fieberkrisen und Gefahren durchmachten und der idiotische Kinderarzt immer noch von »völlig normalen Kinderkrankheiten« sprach, war schließlich doch alles gut ausgegangen. Es waren hübsche Kinder, mit gut entwickelten Körpern, klug, aufgeweckt und nicht so gräßlich, wie sich andere Kinder manchmal aufführten. Sie fühlte sich durchaus zu der Überzeugung berechtigt, der Allmächtige beweise ein besonderes Interesse an der Genealogie bestimmter Familien. Wenn sie ihre Kinder mit denjenigen einiger Freundinnen verglich, hatte sie den Eindruck, als seien ihren Sprößlingen die Defekte der menschlichen Rasse erspart geblieben, und das schrieb sie der Vermischung von Rogers Genen mit denjenigen ihres Vaters und der Vorfahren ihres Vaters zu, die – jedenfalls der Sage nach – tapfer, galant und reich gewesen waren. Regina empfand es als persönliche Gnade, Harry, Jeb, Dorry und Nancy empfangen, in ihrem eigenen Leib getragen und sie in Gesundheit und frei von körperlichen Mängeln bis hierher, zu diesem Augenblick, gebracht zu haben.

Während sie diesen Gedanken nachhing, bog der Kombi von der Schnellstraße ab und folgte einer unbekannten, gewundenen Landstraße. Plötzlich jubelte Nancy laut: »He, seht mal – Pferde!«

Hinter einem Zaun standen tatsächlich vier Pferde, so daß Jeb die Augen einen Sekundenbruchteil lang von der Fahrbahn löste und nach rechts blickte. Der Wagen geriet mit den rechten Rädern auf die Bankette, schleuderte eine Fontäne von Splitt empor und trieb bei allen Insassen den Puls in die Höhe. Jeb riß den Wagen sofort wieder auf den Asphalt zurück. »Entschuldigung«, sagte er nur trocken.

Keiner der beiden Erwachsenen verlor ein Wort, und Jeb war ihnen dankbar dafür. Von nun an ließ er beide Hände am Steuer.

Endlich hielt der Chrysler vor Stickneys Büro. Mrs. Maxwell setzte sich zu den jüngeren Kindern auf den Rücksitz, und Jeb, dessen Muskeln von der Anspannung der ersten längeren Fahrt mit der Familie schmerzten, streckte sich im hinteren Wagenraum aus, während sein Vater sich ans Steuer setzte und Mr. Stickney neben ihm Platz nahm, um ihm den Weg zu weisen.

Ralph Stickney plante, die am wenigsten geeigneten Häuser zuerst herzuzeigen. Also dirigierte er die Maxwells zur Parker-Villa, von deren Durchschnittlichkeit sie, wie vorauszusehen, alle enttäuscht waren.

Regina Maxwell, die sich immer noch nach vertrauten Landschaftsformen sehnte, spürte ihr Herz klopfen, als sie vor der zweiten Villa hielten, einem Haus im imitierten Kolonialstil am Stadtrand von Pleasantville; eine elegante, kreisrund geschwungene Einfahrt führte zu einem Portal mit vier weißen Säulen. Fast glaubte sie sogar, zwei Magnolienbäume zu sehen, obwohl es hier keine gab, und als sie das Haus zum zweiten Mal betrachtete, vermeinte sie die Stimmen der Schwarzen zu hören, ein Kontrapunkt ihrer Kinderzeit und ein Geräusch, das sie in ihrer Phantasie immer zur Ruhe brachte, wenn Jeb und seine Freunde ihre Stereos auf volle Lautstärke stellten. Aber – ihr Mann deutete es taktvoll an, denn niemals würde er seine Frau bewußt ihrer idyllischen Kindheitserinnerungen berauben – die Kolonialvilla hatte zweiunddreißig Zimmer, und wie wollte sie die in Ordnung halten, heute, wo zuverlässige Dienstboten so schwer zu finden und beinahe unmöglich zu halten seien?

Als sie das dritte Haus sahen, eines mit dicken Backsteinmauern, war es Maxwell, der zu strahlen begann. Von außen glich die Villa einer Festung, drinnen jedoch wiesen verräterische Spuren von Wasserschäden eindeutig darauf hin, daß das Dach entweder gründlich repariert oder sogar ersetzt werden mußte, und er wußte aus Erfahrung, daß die guten Dachdecker neue Kunden abwiesen, während man auf die unzuverlässigen immer wieder Druck ausüben mußte, damit sie kamen und ihre eigene, ungenügende Arbeit reparierten. Nein, auf derartige Probleme konnte er sich einfach nicht einlassen – nicht jetzt, da er sich gerade in einer beruflichen Position zurechtfinden mußte, auf die er jahrelang mit Fleiß und Diplomatie hingesteuert hatte, und da er einer Abteilung vorstand, die einer durchgreifenden Reorganisierung bedurfte, weil sein Vorgänger einfach unfähig gewesen war.

Alle Maxwells, die mit im Wagen saßen, wußten auf Anhieb, daß das vierte Haus, eine weitläufige Holzvilla mit einem fünf Morgen großen bewaldeten Grundstück, einfach keine passende Behausung für den Leitenden Direktor einer bedeutenden Bank sein konnte. Zwar war es geräumig genug, und die Abgelegenheit war in diesem Zeitalter des Aufeinanderhockens eher ein Vorteil, aber bereits das Äußere verriet einen primitiven Geschmack. Die Innenräume waren winzig. Ralph Stickney gestaltete die Besichtigung kurz und führte die Maxwells nunmehr zur Simeon-King-Villa.

Wie es hieß, soll Simeon King, dessen Geschäft Eisenbahnen und dessen Zeitvertreib Großwildjagden in den Wäldern des Nordens waren, bei der Prüfung der Architektenentwürfe befohlen haben, die Decke des zweiten

Stockwerks zu entfernen. Er wollte innerhalb seiner Villa die Nachbildung einer Jagdhütte entstehen lassen: einen zweigeschossigen Raum bis hoch hinauf in das spitze Dach, wo nicht nur Doppelstockbetten aufgestellt werden sollten, sondern auch die präparierten Körper eines weiblichen Braunbären, eines Zehnenders, eines Elchs und einiger kleinerer Tiere einschließlich einer Wildkatze, die er alle selbst geschossen hatte. Der Tierpräparator hatte sich wahrhaftig selbst übertroffen, denn wie alle Geschäftsleute und Handwerker, die Anfang des Jahrhunderts mit Simeon King zu tun hatten, fürchtete auch er den Unmut dieses Mannes.

Eines Tages, im Jahre 1933, saß Simeon King – zu jener Zeit angeblich achtundsiebzig – in seinem Wohnzimmer im Lehnsessel und las die Morgenzeitung, die er verabscheute, weil sie nie die Nachrichten druckte, die er gern gelesen hätte, als er im Kopf einen heftigen Schmerz spürte: ein Schlaganfall. Sofort wurde er vom freiwilligen Roten Kreuz zum Brigham Memorial Hospital geschafft, dem er zu einer Zeit, da die Steuervorteile für Wohltätigkeit noch äußerst bescheiden waren, einen Operationssaal gestiftet hatte, was somit als wahrhaft gute Tat betrachtet wurde.

In Simeons Fall allerdings nützte der Operationssaal wenig. Der Chefneurologe des Krankenhauses zog jenen Mann hinzu, bei dem er studiert hatte und der mit Freuden herbeieilte, als er hörte, daß es sich um Simeon King handelte, woraufhin beide gemeinsam sowohl den Patienten als auch die bisherigen Befunde untersuchten und zu dem Ergebnis kamen, der Schlaganfall sei schwer und die Lähmungen unheilbar.

Simeon King, der das Großwild gejagt hatte, als sei er dessen Herr und Meister, war nun nicht einmal mehr Herr über seinen eigenen Körper, der nur noch zu einem gelegentlichen, unwillkürlichen Zittern fähig war. Seinem Verstand, in Groton und Yale und später von seinen Konkurrenten als messerscharf bezeichnet, gelang es nicht mehr, der Zunge das Artikulieren von Worten zu befehlen. Seine Augenbewegungen waren so unpräzise wie die eines Säuglings. Er litt an Harn- und Stuhlinkontinenz. Trotz ständiger Pflege durch Tag- und Nachtschwestern war der Geruch, der ihn umgab, unerträglich; er verscheuchte Simeons Kinder, die ihn einmal kurz besuchten, um dann nie wieder zu kommen; er verscheuchte seine Frau, die sich nur dann ihrer Liebe zu ihm erinnerte, wenn sie nicht bei ihm war und sich schönere Zeiten ins Gedächtnis rufen konnte. Sogar der sehr junge Stationsarzt, dem die Krankenhausleitung aufgetragen hatte, dem Patienten in Suite A besondere Aufmerksamkeit zu widmen, fand Simeon abstoßend. Er hätte ihn ein paar Wochen länger am Leben erhalten können, fand jedoch bei den Mitgliedern der Familie King, die sich über die Ungelegenheiten bekümmert zeigten und sich beiläufig nach den vermutlichen Kosten erkundigten, keine Unterstützung. Der junge Arzt ahnte das Unvermeidliche. Außerdem war er übermüdet von der Sorge um die Patienten, denen er noch helfen konnte. Ob er Simeon Kings schwindendes Lebenslicht durch aktives oder passives Handeln ausgelöscht hat, ist nicht bekannt.

Simeons versammelte Verwandtschaft, die es eilig hatte, den Nachlaß aufzulösen, gab ihrem Abscheu für die Jagd nunmehr freimütig Ausdruck und beauftragte die Anwälte, das Haus, das die ausgestopften Tiere beherbergte, zu veräußern. Seine Witwe widersprach nicht, sondern zog Erkundigungen über die Lebensbedingungen in Palm Beach ein, wo die Dienstboten ihr vielleicht auch ohne die Unterstützung ihres Mannes gehorchen würden.

Stickney, der von allen eingeweihten Familien in diesem Teil Westchesters bevorzugte Immobilienmakler, übernahm das schwer verkäufliche Objekt, diesen sogenannten »Weißen Elefanten«, nur, weil es geographisch gesehen zu dem Bereich gehörte, den der ältere Stickney als sein Exklusivterritorium betrachtete. Der Markt für große Villen war damals schlecht, in der Talsohle der Depression, und Stickney geriet jedesmal in Verlegenheit, wenn er die Tür zu jenem Zimmer im Oberstock öffnen und erklären mußte, die Witwe King habe versprochen, die ausgestopften Tiere zu entfernen, sobald sie nach dem Verkauf des Hauses ausziehe.

Der Mann, der die Villa schließlich erwarb, war ein vermögender Börsenmakler namens Sudliffe, der 1928 und 1929 auf Baisse spekuliert hatte. Sudliffe behielt die ausgestopften Tiere, weil sie ihm beim Herumführen von Klienten oder Freunden auf seinem Grundstück einen Vorwand lieferten, davon zu sprechen, daß Simeon King diese Bestien persönlich erlegt habe. Nachdem die Kinder des Börsenmaklers allesamt in Colleges oder Ehen untergebracht waren, zogen Sudliffe und seine Frau in eine kleinere Villa um. Tatsache war, daß Sudliffe das Haus niemals so recht als sein Eigentum hatte betrachten können. Jedermann nannte es ausschließlich die King-Villa, und Sudliffe war froh, als seine Frau ein Haus fand, das erst zwei Jahre zuvor von einem leitenden Angestellten gebaut worden war, den seine Firma unerwarteterweise in eine andere Stadt versetzt hatte.

Das King-Haus wechselte während der folgenden vier Jahrzehnte mehrmals den Besitzer, aber die Wentworths, die Hamiltons, die Searles wollten alle nicht ständig in einem Haus leben, das den Namen seines ursprünglichen Besitzers einfach nicht ablegen zu können schien. Wenn sie auszogen, dann wahrscheinlich deshalb, weil sie endlich ein wirklich eigenes Heim besitzen wollten. Den Stickneys, Vater, Sohn und nunmehr

Enkel Ralph Stickney, war das egal; sie kassierten bei jedem Besitzer-
wechsel Provision.

Welch einen auffallenden Kontrast dieses riesige Tudorhaus doch zu den
anderen Objekten bot, welche die Maxwells bisher besichtigt hatten!
Seine herrlichen Proportionen hoben sich plastisch gegen die voll belaub-
ten silbrigen Ahornbäume ab. Die geschotterte Einfahrt, die so angenehm
unter den Reifen knirschte, kündete von einem Luxus, den keine
Asphaltdecke jemals bieten kann. Die Haustür war riesig, ein Portal, das
einem Giganten Durchlaß gewährt hätte. Und drinnen, in der Halle,
wirkte der polierte Marmorfußboden zum Betreten fast zu kostbar, obwohl gegenüber eine schön geschwungene Treppe zum Emporschreiten
einlud.

»Die Räume sind verhältnismäßig groß«, erklärte Mr. Stickney, »dafür
gibt es hier, im Gegensatz zu den zweiunddreißig Zimmern der Kolonialvilla, nur dreizehn. Sehen wir uns zunächst einmal das Erdgeschoß an.«
Reginas Blick wanderte durch das rechteckige Wohnzimmer: mannshoch
mit Mahagoni getäfelt, darüber zwei Meter weiß gestrichene Wand, dann
oben an jeder Wand ein schmaler Goldstreifen, nur um Haaresbreite von
einem ähnlichen Goldstreifen rings um die Decke entfernt, auf der sich
in einem Relief, wie sie und Roger es nur in den besten europäischen Ho-
tels gesehen hatten, Satyrn und Nymphen jagten.

Nancy war in den Kamin gekrochen, um zu zeigen, wie immens er ihr
vorkam. Sie verließ ihren Platz erst auf ein kaum wahrnehmbares Kopf-
schütteln ihrer Mutter hin, die damit wieder einmal Nancys Überzeugung
von den unfairen Einschränkungen bestätigt hatte, die den Kindern durch
den Gehorsamszwang gegenüber ihren Eltern auferlegt werden.

»Das ist bestimmt furchtbar teuer«, flüsterte Regina Roger zu.
Ihr erfahrenerer Ehemann jedoch erwiderte: »Zu bauen, ja, zu kaufen,
nein. Weiße Elefanten kann man herunterhandeln.«
Ralph Stickneys Vater hatte es sich zur Aufgabe gemacht, Häuser nicht
nur einfach herzuzeigen, sondern sie zu präsentieren. Ralph jedoch paßte
sich den veränderten Zeiten an. Sein Pflichtbewußtsein galt nur der eigenen Person. Um reich zu werden, mußte er es verstehen, ein Geschäft er-
folgreich zum Abschluß zu bringen. Zur Taktik, die er dabei anwandte,
gehörte es erstens, daß er einen Aspekt des Objektes scheinbar kritisierte,
und zweitens, daß er sich scheinbar mit dem potentiellen Käufer verbün-
dete.

»Die Küche hat gewisse Nachteile«, wandte er sich an Mrs. Maxwell, als
er sie durch das große Eßzimmer, einer verlängerten Version des Wohn-

raumes, und von dort aus durch eine doppelte Schwingtür in einen Raum
mit kupferfarbenen Schrankreihen an den Wänden führte, Schrankreihen
mit drei oder vier breiten Lücken, so daß sie aussahen wie ein Gebiß mit
fehlenden Zähnen.

»Den Herd und die eingebaute Elektroausstattung haben sie mitgenommen«, erklärte er. »Ich hab' ihnen gleich gesagt, daß das ein Fehler ist.«
Regina nahm sich vor, die Preise für neue Maschinen und Geräte festzu-
stellen, damit Roger den entsprechenden Betrag von der Kaufsumme abziehen konnte, falls sie dieses Haus tatsächlich nehmen sollten. Sie selber
schwankte eigentlich noch: Was sie bisher gesehen hatte – die Außenan-
sicht, die sich bot, wenn man in die Einfahrt einbog, wie auch die Reprä-
sentationsräume unten –, mußte bei Besuchern den Eindruck erwecken,
Roger sei der Bankpräsident selbst anstatt nur einer von den zahlreichen
Direktoren. Zudem erschien ihr das Gebäude viel zu luxuriös für einen
Haushalt voller Kinder, die ständig Freunde und die Freunde von Freunden um sich hatten und, wo sie gingen und standen, Unordnung hinter-
ließen. Als sie sich noch einmal in der Küche umsah, mußte sie lächeln,
weil sie fand, daß es bestimmt kein Raum war, in dem sie es wagen würde,
ein Erdnußbuttersandwich zu schmieren.

»Na, wollen wir?« fragte Mr. Stickney, der sie nun durch die Halle und
die breite Haupttreppe hinauf zu den Schlafzimmern im ersten Stock be-
gleitete.

Er ließ die Maxwell-Kinder vorauslaufen. Und als die Besichtigung nun
richtig losging, schien die gesamte Familie auf einmal lebendig zu werden.
Alle begannen neugierig herumzustöbern wie Mäuse in einem Picknick-
korb. Für die Maxwells war das Öffnen jeder Tür eine Offenbarung, denn
immer wieder bewiesen die Räume, wieviel doch Proportionen und Deko-
rationen dazu beitragen, eine Atmosphäre sicheren Geschmacks und einen Reichtum auszustrahlen, der in Roger Maxwells Augen weit über den
Aktienhandel oder den augenblicklichen Handelswert des Dollars im
Ausland hinausging: Es wirkte alles so dauerhaft.

Vorsichtig nahm er Regina beiseite. »In einem solchen Haus könnte man
sterben.«

»Was sagst du da?«

»Wir kämen niemals auf die Idee, in ein größeres umzuziehen.«

»Ach so«, sagte sie, »da hast du recht. Es ist...« Sie hielt inne. Wenn sie
jetzt verschwenderisch oder elegant sagen würde, könnte er sie mißver-
stehen.

Er half ihr weiter. »Es gefällt dir.«

»Findest du es nicht ein bißchen prätentiös?«

»Selbst wenn es ein richtiges Schloß wäre, würdest du hineinpassen.«
Solche schmeichelhaften Bemerkungen war sie seit Kindestagen von ihrem Vater gewöhnt. Als sie jedoch in den Norden auf das College gegangen war, hatte sie feststellen müssen, daß hier die Männer zwar in geistreichen Witzeleien groß waren, hatte aber die so beruhigenden Komplimente vermißt, bis sie Roger kennenlernte. Die ersten Worte, die er zu ihr sprach, lauteten: »Du bist schön.« Dabei hatte er nicht einmal ihren Namen gewußt.

Ralph Stickney ließ sie ruhig tuscheln. Der letzte Stock ist entscheidend, dachte er.

Die Treppe, die vom ersten Geschoß nach oben führte, war schlicht und einfach eine Treppe – sonst nichts. Die Kinder stiegen bereits hinauf.

»Einen Moment!« sagte Mr. Stickney. Er winkte Mr. und Mrs. Maxwell zu sich. Erst als sie im zweiten Stock alle beisammen waren, öffnete er die Tür zu dem doppelgeschossigen Trophäenraum. Ralph Stickney hielt ihn für das größte, prächtigste Kinderspielzimmer, das er jemals gesehen hatte. Darum ließ er Jeb, Dorry und Nancy zuerst eintreten.

Nancy quietschte, als sie die Tiere sah. Jeb wanderte umher und streichelte sie, als ob sie lebendig wären. Dorry war hingerissen; er stellte sich den Neid der Jungen dieses Viertels vor, wenn sie ihn in dem neuen Haus besuchten.

Mr. Stickney bat die Eltern Maxwell ins Wohnzimmer, wo sie sich auf den Fenstersitzen ausruhen konnten, während er mit ihnen, wie geplant, die Plus- und Minuspunkte der verschiedenen besichtigten Häuser besprechen und notieren wollte.

»Es ist soviel größer als unser derzeitiges Haus«, sagte Roger. »Unsere Möbel werden hier ganz verloren wirken.«

»Ach, Roger«, warf Regina ein, »jetzt ist es doch viel zu eng. Der viele Platz hier ist wunderbar!«

Maxwell blickte zur vier Meter hohen Decke empor. Er stellte sich vor, wie Louise, ihre füllige Haushälterin, auf eine Leiter stieg und Staub wischte. Man würde eine Reinigungsfirma nehmen müssen. Extraausgaben.

»Und jetzt«, schlug Mr. Stickney vor, »machen wir eine Aufstellung der Pros und Kontras. Anschließend können wir dann den Garten und das Grundstück besichtigen.« Kaum hatte er damit begonnen, die einzelnen Punkte auf seinem gelben Notizblock festzuhalten, als die Kinder nach einer Privatkonferenz im obersten Stock herunterkamen und mit ihren stürmischen Argumenten alle Einwände der Eltern beiseite fegten. Sie mußten das Haus unbedingt nehmen – wegen dieses Zimmers.

Mr. Stickney wußte, daß die Kinder zwar der Hauptfaktor seiner Taktik waren, daß er aber gerade deshalb nicht ihre Partei ergreifen durfte. »Sie haben jetzt die fünf besten Objekte gesehen, die mir im Augenblick zur Verfügung stehen«, begann er. »Wenn Sie jedoch ein bißchen Geduld haben, könnten sich noch andere Möglichkeiten ergeben.«

Die drei Kinder sahen Ralph Stickney an, als wollten sie ihn mit Blicken ermorden.

Während der nun folgenden Tage lagen Jeb, Dorry und Nancy den Eltern Abend für Abend mit ihrer Vorliebe für das King-Haus in den Ohren. Roger hatte es aber nicht eilig mit seiner Entscheidung; er meinte, die Zeit werde für ihn arbeiten. Deswegen schlug er auch vor, den vierten und ältesten Maxwell-Sprößling, der kein Kind mehr war, um seine Meinung zu befragen.

So wurde eine zweite Besichtigung des Hauses anberaumt, und zwar zu einem Zeitpunkt, da Harry mit seinem gebraucht gekauften Austin von Tufts herüberkommen und sich mit ihnen dort treffen konnte. Jeb führte ihn sofort nach oben und zeigte ihm das Zimmer mit den Doppelstockbetten und den ausgestopften Tieren. Harry seufzte: Wie anders wäre seine Schulzeit verlaufen, hätte er seine Freunde zum Übernachten in einen solchen Raum einladen können!

Am Abend, beim Essen, forderte Roger die zum ersten Mal seit Monaten vollzählige Familie zu einer objektiven Diskussion über das Simeon-King-Haus auf.

Als er das Wort »objektiv« aussprach, konnte er von den Mienen seiner drei jüngsten Kinder den verlorenen Standpunkt der Vernunft in der realen Welt ablesen. Nur Harry, der inzwischen Pfeife rauchte, als hätte er das sein Leben lang getan, war in der Lage, eine gewisse einstudierte Ruhe zu bewahren.

Regina meldete Einwände gegen das mahagonigetäfelte Speisezimmer an. Sie war entzückt über den eleganten Kronleuchter dort, der beim Verkauf bestimmt Tausende einbringen würde, sollte man sich einmal in einer finanziellen Klemme befinden; doch es würde wohl zu barbarisch sein, ihn aus seiner Umgebung herauszureißen. Aber sie fürchtete, die Förmlichkeit dieses Raumes würde sie zwingen, bei Einladungen das Essen von der Haushälterin servieren zu lassen, während sie es stets vorzog, eigenhändig zu servieren – genau wie ihre Mutter, obwohl diese doch über reichlich Dienstboten verfügt hatte. Dieser Einwand wirkte im Vergleich zu der Begeisterung ihrer Kinder über das Zimmer mit den Tieren trivial. Ihr sicheres Gefühl für Demokratie sagte ihr, da die Kinder ihr an Zahl überlegen seien, müsse man deren Wünsche auch berücksichtigen. Außerdem war sie selbst absolut hingerissen von der Geräumigkeit, den hohen Zimmern und der großen Treppe, die das Hinaufsteigen zum Ereignis machte. Vor allem das Elternschlafzimmer mit seinen großen Fenstern und der Tür, die auf einen Balkon mit herrlichem Ausblick hinausführte, war genau so, wie sie es sich schon immer erträumt hatte.

Angesichts all dieser Argumente erschienen Roger Maxwells eigene Einwände geradezu absurd. Warum wurde die Villa von allen als Simeon-King-Haus bezeichnet, wo der Alte doch schon seit vierzig Jahren tot war? Als sie den großen Garten besichtigten, hatte er Stickney auf eine alte, ausgewucherte Eibe aufmerksam gemacht, deren unschöne Äste fast alle abgestorben waren.

»Die müßte raus«, hatte er nur gesagt, und Stickney hatte schnell erwidert: »Das würde ich nicht tun. Die hat noch der alte Simeon gepflanzt.«

Ich würde es doch tun, hatte Roger im stillen gedacht. *Wenn das Haus mir gehörte, würde ich den Baum rausschmeißen.*

Die Kinder würden so etwas nicht verstehen. Er liebte alte Häuser, aber er wollte, daß ein Haus, das ihm gefiel, ihm auch gehörte.

Maxwell versuchte, seine Einwände auf seine eigene Art und Weise geltend zu machen. Er kam allein mit Stickney zusammen und bot ihm fünfzehntausend Dollar weniger als verlangt, obwohl der Betrag als Festpreis galt. Stickney tat entsetzt, versprach aber, das Angebot an Mr. Searle weiterzuleiten, der sich gerade mit Frau, Sohn und Schwiegertochter auf einer Frühlingskreuzfahrt befand.

Inzwischen besichtigten die Maxwells etwas konventionellere Häuser. Zuerst kamen die Kinder mit, um sämtliche Nachteile der Häuser hervorzuheben, die ihnen nicht gefielen. Sie hatten es aber ziemlich bald satt, andere Leute in Verlegenheit zu bringen, indem sie durch ihre Privatsphäre trampelten. Dann, eines Morgens, gab es Neuigkeiten. Mr. Stickney hatte Mr. Searle erreicht, und dieser nahm das Angebot an. Maxwell war höchst überrascht, die jubelnde Begeisterung seiner Kinder überzeugte ihn aber dann schließlich, daß er die richtige Wahl getroffen hatte.

Aber natürlich hatte er überhaupt keine Wahl getroffen. Das hatten seine Kinder getan.

Während der ersten Woche, als die Maxwells sich in ihrer neuen, herrlichen Villa einlebten, merkte Regina überdeutlich, wie winzig und karg einige ihrer alten Möbel wirkten. Ehe sie Besuch einladen konnten, brauchten sie unbedingt eine viel größere Couch, und außerdem mußten sie auf die Suche nach einem Refektoriumstisch für das Eßzimmer gehen. Dennoch genoß sie die Weite der Räume.

Glücklicherweise rief auf Reginas Anzeige in der Lokalzeitung eine Nonne an, die ein nahezu leerstehendes Kloster verwaltete. Jawohl, sie hätten einen fast fünf Meter großen Eichentisch, den sie gegen eine entsprechende Spende mit Freuden hergeben würden. Jeb, der immer schnell Freundschaften schloß, holte sich zwei seiner neuen Freunde zu Hilfe. Die drei luden den Refektoriumstisch auf einen gemieteten Lastwagen und schafften ihn, ohne irgendwo anzustoßen, durch die hohen Türen ins Eßzimmer. Welch eine Überraschung für Roger, als er an jenem Abend nach Hause kam und den neuen Tisch zum Abendessen gedeckt fand! Und nicht einen Finger hatte er selbst dafür rühren müssen. Großartig, einen heranwachsenden Sohn wie Jeb zu haben!

Beim Essen an jenem Abend machte sich Roger laut Gedanken darüber, ob die ausgestopften Tiere oben nicht vielleicht vor Alter verrotteten und ob es nicht vernünftiger sei, wenigstens den Bären und den Elch, die beiden größten, rauszuwerfen. Jeb verbrachte während der folgenden zwei Tage seine gesamte Freizeit damit, in dicken Büchern möglichst viel über Taxidermie nachzuschlagen, und erläuterte sodann der versammelten Familie, Simeon Kings Tierpräparator habe perfekte Arbeit geleistet, und die Tiere würden mindestens noch ein weiteres Jahrhundert, wenn nicht sogar für immer halten.

Roger beschloß, das Zimmer zu taufen, als könne er damit das Haus endlich zu seinem Eigentum machen. Er wollte es Bestiarium nennen und verkündete seiner Familie diesen Entschluß beim Abendessen im großen Speisezimmer. Er versuchte, seine Wahl zu erklären, doch nur Regina hörte ihm aufmerksam zu. Die Kinder plapperten munter über die neue Schule, über Freundschaften, die sie geschlossen hatten, und über den geplanten Besuch ihrer alten Freunde aus dem früheren Wohnviertel, die sie an den Wochenenden einladen wollten, damit sie ihre neuen Freunde kennenlernen und mit ihnen in dem herrlichen Reservat oben schlafen konnten, wo sie die halbe Nacht hindurch herumtoben durften, ohne die Erwachsenen zu stören, um dann schließlich, wenn die Müdigkeit sie überfiel, einzuschlafen und zu träumen.

Eine der Gewohnheiten, an denen Roger Maxwell festhielt, war sein einsamer Sonntagmorgenspaziergang, auf dem er über die vergangene und die vor ihm liegende Woche sowie über die Fortschritte in seinem eigenen Leben nachdachte. Während dieser nachdenklichen Wanderungen war er allmählich zu der Ansicht gekommen, daß er eigentlich weniger ein Geldverleiher als vielmehr ein Psychologe sei, ein Berater seiner Kunden. Sie drückten ihre Bedürfnisse in Form von soundso viel hunderttausend Dollar aus, aber Roger verstand genau, daß sie in Wirklichkeit eine Art moralische Unterstützung suchten. Sie schlossen mit ihm ein Gentleman's Agreement, das sie veranlaßte, ihr Bestes zu tun, um ihre tatsächlichen Jahresergebnisse ihren stets sehr optimistischen Vorausschätzungen möglichst zu nähern, und das wiederum veranlaßte ihn, diesen Kunden zu versichern, daß sein Vertrauen zu ihnen weiterhin fest bleibe, daß er ihre Unternehmungen unterstütze und ihnen dabei weiterhelfen werde. Seine Kunden, so konnte man sagen, waren seine Kinder, und seine Aufgabe bestand darin, sie zu finanziell Erwachsenen zu erziehen.

Bei einem dieser sonntäglichen Morgenspaziergänge nun lernte Roger einen Nachbarn kennen, der seinen Hund ausführte. In der Kühle dieses Frühlingsmorgens trug Roger einen Pullover und Tennisschuhe. Er sah darin ebensowenig nach einem leitenden Angestellten aus wie seine Nachbarn, die fast alle den gleichen Beruf hatten. Dieser Nachbar namens Chalmers jedoch war, wie sich im Verlauf einer halbstündigen Diskussion herausstellte, kein Industriefachmann, was Roger zuerst angenommen hatte, sondern wissenschaftlicher Forscher bei den Philips Laboratories in Briarcliff. Roger fühlte sich von der Begeisterung dieses Mannes für Azaleen allmählich gelangweilt und suchte gerade nach einem Vorwand, um das Gespräch abzubrechen und sich wieder auf den Heimweg zu machen, als Chalmers fragte: »Nun, wie gefällt es Ihnen im King-Haus?«

»Nun ja«, antwortete Roger ein wenig herablassend, »ich nenne es das Maxwell-Haus.«

Chalmers stimmte ihm höflich zu: »Selbstverständlich.« Und ergänzte dann, mit seiner Pfeife gestikulierend: »Tatsächlich habe ich sogar sagen hören, es sei das Haus, in dem die Maxwell-Kinder wohnen.«

Während Chalmers, als sie sich an der Ecke trennten, die Hand mit der Pfeife zum Abschiedsgruß hob, war Roger tief in Gedanken versunken: *Das Haus gehört nicht mehr Simeon King, das Haus gehört jetzt meinen Kindern.*

Freitag

2

Ende Juni ging Roger Maxwell an einem Donnerstagabend gleich nach den Zehn-Uhr-Nachrichten zu Bett.

»Schlaf dich schön aus, hörst du?« hatte Regina ihm noch gesagt.

An der großen Doppeltür des Wohnzimmers drehte er sich noch einmal um. In diesem riesigen Raum wirkte sie winzig.

»Bleib nicht so lange«, sagte er.

»Keine Sorge«, antwortete sie.

Aber er machte sich doch Sorgen, als er die Treppe hinaufstieg. Bei den Nachrichten hatten sie gemeinsam einen Gutenachtschluck getrunken. Regina hatte es sich angewöhnt, noch etwas länger sitzen zu bleiben, um dann nach ein paar Minuten in die Küche zu gehen und sich einen zweiten Wodka on the Rocks einzuschenken, den sie, wie er häufig beobachtet hatte, mit dem Zeigefinger umrührte. *Ich muß am Abend abschalten.* Dumm von ihm, sich wegen ein bis zwei Extradrinks Sorgen zu machen, als sei sie durch ihre Südstaatenherkunft irgendwie besonders anfällig für Alkohol.

Im Bett wünschte Roger, sie hätte nicht gesagt, *schlaf dich schön aus, hörst du?* Sie hätte gar nichts sagen sollen, dann hätte er noch ein bißchen in seiner Bettlektüre gelesen und wäre dann langsam eingeschlafen. Jetzt aber lenkte ihn ihre Bemerkung so ab, als wäre sie fast eine Warnung gewesen. Er las denselben Abschnitt immer wieder. Dann legte er den Roman beiseite und versuchte, an gar nichts zu denken. Schafe zu zählen war lächerlich. Der Satz, an den er nicht zu denken versuchte, stammte eigentlich aus Todesanzeigen. *Er ist sanft entschlafen.* Sein Vater war mit dreiundfünfzig im Schlaf gestorben. Hieß das, daß ihm noch fünf Jahre blieben? *Lächerlich!*

Warum kam Regina nicht? Im alten Haus hatte er hören können, wenn sie in die Küche ging. In diesem großen Kasten hörte er nichts. Wenn er morgen früh unausgeschlafen aufwachte, war ebensowenig mit ihm anzufangen wie mit einem Kind, das nicht genügend Schlaf gehabt hat. Vor ihm lag ein verlängertes Wochenende: drei Tage. Er wollte jede Minute genießen.

Er griff nochmals zu seinem Buch, las höchstens zwei Seiten, und dann dachte er wieder an Todesanzeigen. Natürlich, das kam von diesem verdammten Buch! Alles, was drin stand, wirkte bedrohlich. Er legte den Roman fort, schaltete das Licht aus und versuchte, nicht zu denken.

Er mußte unerwartet eingeschlafen sein, denn kurz darauf stand Roger im Traum vor einem bärtigen Simeon King. Obwohl die Fotos, die er von dem Alten gesehen hatte, auf eine ganz normale Größe schließen ließen, war Simeon King in Rogers Traum anderthalbmal so groß wie ein durchschnittlicher Mensch, und zwischen Daumen und Zeigefinger baumelte ein dreißig Zentimeter langer Schlüssel. Roger wußte, daß er Simeon King den Umschlag geben mußte – was war doch noch drin? Hatte er es vergessen? Geld? Eine Nachricht? Der Alte nickte zustimmend und übergab Roger den Schlüssel. Tief bedrückt erkannte Roger, daß das Haus, in dem er wohnte, nun dank dieses Schlüssels nicht länger Simeon Kings Haus war, sondern das *seine*, und daß er jetzt endlich die unschöne Eibe im unteren Garten fällen und die Wurzeln dieses Baumes, den er haßte, ausgraben konnte. Der Besitz gehörte nun ihm allein, und er konnte damit tun, was er wollte. Die Eigentumsübertragung hatte stattgefunden. Simeon drehte sich um und ging davon. Roger empfand dem Alten gegenüber Dankbarkeit. Sorgfältig legte er den Schlüssel auf ein Tischchen. Dann nahm er die geladene Donnerbüchse von den beiden geschnitzten Wandhaken, zielte auf Simeons Rücken und drückte ab. Die Explosion, so laut wie der Weltuntergang, jagte die Kugel mit solcher Gewalt in Simeons Körper, daß der Alte zu Boden fiel und in Stücke zersprang. Roger lief hin, um die Leiche zu untersuchen, und sah, daß jedes Stück zu einer kleinen Puppe geworden war, die keuchend nach Atem rang, weil sie tödlich verwundet war. Da sich die Puppen am Boden wanden, schlug Roger mit dem Kolben der Donnerbüchse auf sie ein, um sie endlich zum Schweigen zu bringen, während er selbst laut um Hilfe schrie.

»Du hast schlecht geträumt«, erklärte Regina, die voll angekleidet an seinem Bett stand.

»Wieviel Uhr ist es?« fragte er und spürte, daß seine Schlafanzugjacke schweißdurchtränkt war.

»Mitternacht«, antwortete sie. »Ich kam gerade die Treppe herauf, da hörte ich dich schreien. Ich dachte, es wäre...«

»Ein Einbrecher.«

»Na ja, hätte doch sein können.«

»Dann hättest du aber von unten die Polizei anrufen sollen.«

»Du hattest doch hier oben den Revolver.«

»Der ist nicht geladen. Weißt du nicht mehr? Du warst für Gefahrlosigkeit auf Kosten der Sicherheit.«

»Ach, Roger, ich habe doch nur gesagt, du sollst die Munition getrennt aufbewahren, damit die Kinder sie nicht finden. Wenn hier jemals ein Einbrecher auftaucht, mein Schatz, wirst du ihm hoffentlich geben, was er will, und ihn dann wieder laufenlassen.«
»Und wenn er dich will?« fragte Roger.

Mit einer frischen Schlafanzugjacke bekleidet, in die Regina ihm liebevoll hineingeholfen hatte, sagte sich Roger, es sei unrecht von ihm gewesen, sie anzufahren. Als eine Art Bitte um Verzeihung wollte er sie in den Arm nehmen, aber sie wich ihm aus.
»Ich liebe dich«, sagte sie dabei, »aber jetzt brauchst du deinen Schlaf.«
Aus Gewohnheit nahm er das Buch von seinem Nachttisch. *Dieses verdammte Ding!* Er trug es auf die andere Seite des Schlafzimmers hinüber, wo es durch einen Stapel alter Zeitschriften, die in den Keller gebracht werden mußten, vor seinen Blicken verborgen war. Er wollte es vom Bett aus nicht sehen.
Im Badezimmer hörte er Regina gurgeln, wie sie es stets nach dem Zähneputzen tat.
»Sie hat recht«, sagte er sich. »Ich bin unmöglich, wenn ich nicht richtig ausgeschlafen habe.«
Diese halb abgestorbene Eibe mitsamt den Wurzeln muß ich ausgraben, dachte er noch. Aber er war zu müde zum Graben, zu müde, um überhaupt zu denken.
Als Regina in ihrem lavendelblauen Nachthemd aus dem Badezimmer kam, sah sie, daß Roger eingeschlafen war, ohne die Nachttischlampe abzuschalten.

Während der nächsten acht Stunden schlief Roger Maxwell traumlos und tief – ein Wunder, wie er beim Aufwachen fand. Er fühlte sich frisch, ausgeruht, für den Tag gerüstet. Durch die Glastür, die auf den Balkon hinausführte, strömte Sonnenlicht herein. Er hob den Kopf nur so hoch, um auf der Digitaluhr weiter hinten im Zimmer sehen zu können, daß es 8.14 Uhr war. Wunderbar – er hatte den ganzen Freitag, Samstag und Sonntag Zeit, sich die um die Bank kreisenden Gedanken aus dem Kopf zu schlagen, alles zu tun, wozu er Lust hatte, zu leben! Vorsichtig, damit er keinen Krampf in den Unterschenkeln bekam, streckte er die Beine; er genoß es, wie die Muskulatur seinen Befehlen gehorchte, und drehte sich auf die linke Seite, um nachzusehen, ob er Regina störte oder ob sie noch schlief. Ihre Seite im großen, französischen Bett war leer. Er lauschte auf das Geräusch der Dusche, überlegte, ob er sie dort vielleicht wieder erwischen konnte, wie es ihm vor drei Wochen geglückt war, als es zu einem großen Seifenschaumvergnügen gekommen war, das sich zu einer Leidenschaft steigerte, von der beide überrascht waren. Da er nichts hörte, stieg er aus dem Bett und ging zur Badezimmertür. Reginas nasses Handtuch lag auf dem Wäschekorb. *Verdammt, sie muß wohl schon unten sein.*

In dem mannshohen Spiegel entdeckte er, daß er zwei verschiedene Pyjamateile trug, was ihn an seinen Traum erinnerte. Er zog den Schlafanzug aus, nahm Reginas nasses Handtuch und warf alles in den Wäschekorb. Im Spiegel fiel sein Blick auf seinen schlaff hängenden Penis, der ein wenig verloren wirkte. Er mußte lachen. Gott hat seltsame Körperteile geschaffen.

Beim Duschen stellte er das Wasser sehr bald auf kalt. Er bürstete sich die Zähne, rasierte sich, kämmte sein Haar, das Gott sei Dank immer noch voll und dicht war, zog zur Feier dieses arbeitsfreien Tages ein rotweiß gestreiftes, kurzärmeliges Sporthemd an, schlüpfte in seine Lieblingshose aus dunkelblauem Jerseystoff, in Socken und bequeme Sandalen und ging dann summend wie ein kleiner Junge zum Frühstück hinunter.

Regina stand mit dem Rücken zu ihm am Herd. Roger betrachtete ihr prall in der Hose sitzendes Hinterteil, das ihm von ihrer ganzen Anatomie immer noch das Liebste war.

Als sie sich umwandte, erkannte sie den Ausdruck auf seinem Gesicht. »Es geht dir besser«, stellte sie fest. Er trat hinter sie, um ihre Kehrseite zu umfassen, und bemerkte die Kopfbewegung, mit der sie auf Jeb und Dorry deutete, die am Frühstückstisch saßen und eifrig kauten.

»Guten Morgen«, grüßte er hinüber.

»Morgen«, antwortete Nancy, die gerade hereinkam, und strich mit den Händen über die Wangen ihres Vaters.

»Du hast dich rasiert.«

»Wie du siehst.«

Manchmal wartete Roger mit dem Rasieren bis nach dem Frühstück, und Nancy machte ein Ritual daraus, mit den Händen auszuprobieren, ob sein Gesicht glatt oder stoppelig war.

Roger zog sich einen Stuhl an den Tisch und sagte noch einmal: »Guten Morgen!«

Jeb sah auf, nickte und legte seine Gabel hin. Dorry schob sich weiterhin dicke Bissen seiner mit Sirup und Butter bestrichenen Pfannkuchen in den bereits vollen Mund, bis er endlich merkte, daß sowohl Jeb als auch sein Vater ihn anstarrten.

»Das Hemd ist schick«, sagte Jeb.

»Oh, danke!« antwortete Roger.

»Ja, es steht dir«, sagte Regina vom Herd her. »Es macht dich jünger.«
Roger lachte. »Ob sie mich mit einem rotweiß gestreiften Sporthemd
wohl in der Bank akzeptieren würden?« *Nie im Leben,* dachte er. »Darf
ich euch jungen Wölfen einen Vorschlag machen?«
»Na klar«, sagte Jeb.
»Wir sollten mit dem Essen warten, bis eure Mutter ebenfalls am Tisch
sitzt.«
»Laß sie essen, solange die Sachen heiß sind«, sagte Regina.
Sofort stürzte sich Dorry wieder auf seine Pfannkuchen.
Helferin der Rechtlosen, dachte er, *Verteidigerin ihrer Jungen.* »Der
springende Punkt ist, Dorry«, erklärte er, »daß du niemals gute Manieren
lernst, wenn du zu Hause nicht damit anfängst.«
Dorry, beide Backen vollgestopft, runzelte die Stirn.
*Elternschaft ist eine Farce. Regina und ich sind weiter nichts als Her-
bergsleute für die Kinder.*
»Hast du gehört, Dorry?«
»Komme schon!« verkündete Regina.
Dorry spuckte ungekauten Pfannkuchen auf seine Gabel.
»Das tut man nicht!« mahnte Roger.
»Ich mag aber nicht mehr«, erklärte Dorry.
»Das hättest du dir überlegen müssen, bevor du den Bissen in den Mund
gesteckt hast.«
»Also bitte jetzt!« sagte Regina, die mit seinem und ihrem Teller zum
Tisch kam. »Frieden, ja?«
Roger stand auf, um ihr den Stuhl heranzurücken, aber Jeb war vor ihm
da. *Der Junge kann mit seiner Mutter umgehen!*
Nun begannen sie alle zu essen – außer Dorry, der die Hände in den Schoß
legte.
»Dein Vater wollte dir sagen, glaube ich, daß es eine Sünde ist, Lebens-
mittel zu verschwenden«, erklärte Regina ihrem Zwölfjährigen. »Du
solltest immer nur so viel nehmen, wie du auch wirklich bewältigen
kannst.«
»Ich wollte sagen, daß es für die anderen Anwesenden« – er sah Dorry
direkt in die Augen – »nicht sehr angenehm ist, wenn du einen Bissen,
den du schon im Mund hast, wieder ausspuckst.«
Dorry stand auf; der Stuhl scharrte laut über den Fußboden.
»Bitte, bleib sitzen, bis wir alle fertig sind«, sagte Roger.
Dorry zögerte nur eine Sekunde, dann verließ er fluchtartig die Küche.
»Du kommst sofort her!« schrie ihm Roger nach, dann hörte er, wie der
Bengel trotzig die Treppe hinaufpolterte.

Roger stand auf. »Laß ihn doch!« sagte Regina. »Der wird noch vor dem Mittagessen den Kühlschrank plündern.«

Sie schaute ihrem Mann nach, der dem Jungen die Treppe hinauf folgte. »Die kommen beide bestimmt gleich wieder«, wandte sie sich an Jeb und Nancy. Sie wünschte, das Wochenende hätte nicht so schlecht angefangen.

Dorry war nicht in seinem Zimmer; also stieg Roger zu seinem üblichen Versteck, dem Bestiarium, hinauf. Dort saß Dorry auf dem Elch.

»Ich habe ein Wörtchen mit dir zu reden«, begann er. »Vorher aber kommst du da runter.«

»Der Elch ist ausgestopft. Es tut ihm nicht weh.«

»Warum liegt dieser Stapel Zeitungen da immer noch in der Ecke? Ich habe euch doch gesagt, ihr sollt endlich...«

»Das sind Jebs ›Rolling Stones‹. Wenn ich die wegschmeiße, bringt er mich um, hat er gesagt.«

»So hat sich Jeb bestimmt nicht ausgedrückt. Und jetzt komm endlich von dem Elch runter!«

Dorry folgte und landete mit hörbarem Krach auf dem Fußboden. Mit einem Ausdruck betonter Unschuld blickte er zu seinem Vater empor.

Rogers Gewissen meldete sich. Er ist doch ein Kind! *Zuchtmeister*, hatte Regina ihn einmal genannt. *Wir sind nicht deine Rekruten.*

»Warum bist du vom Tisch aufgestanden, mein Sohn?«

Dorry haßte es, wenn der Vater ihn »mein Sohn« nannte.

»Du hast gesagt, ich soll nicht essen.«

»Ich habe gesagt, du sollst nichts auf den Teller tun, was du schon im Mund gehabt hast. Jetzt gehst du nach unten und setzt dich hin, bis alle fertig sind.«

»Ich wette...«, begann Dorry, und hielt dann inne.

»Man soll einen Satz beenden, wenn man ihn angefangen hat.«

»Ich wette, du wünschst, wir wären alle ausgestopft wie diese Tiere hier.«

»Ich sterbe wahrscheinlich viel eher als du«, antwortete Roger und fragte sich, wie er auf diesen Gedanken gekommen war und warum Dorry auf einmal grinste.

»Ich habe sie warmgestellt«, sagte Regina und versorgte Roger mit Pfannkuchen.

Dorry saß mit zusammengepreßten Lippen und gefalteten Händen am Tisch.

Regina tätschelte ihm das Haar. »Er wird schon noch Manieren lernen«, meinte sie. »Das tun sie alle.«

Rogers frühmorgendlicher Überschwang war verflogen. Er hatte sich als Junge bei Tisch immer zusammennehmen müssen. Dann fiel ihm ein, wie sein Vater ihm eines Tages zum dritten Mal gesagt hatte, er solle aufhören, mit den Speisen auf seinem Teller herumzuspielen, und ordentlich essen, und wie er dann in seiner Wut heftiger am Tischtuch gezogen hatte, als er wollte, so daß sein Teller mitsamt dem Besteck zu Boden krachte. *Kinder sind doch alle gleich.*

»He, wo bist du?« Reginas Frage riß ihn aus seinen Gedanken.

»Entschuldige.« Er entfaltete seine Serviette. »Ich glaube, ich brauche eine von diesen Probanthin-Tabletten, damit sich der Krampf in meinem Magen löst.«

»Warte, ich hole sie.«

»Nein, nein, dein Frühstück wird...« Aber sie war schon fort.

»Jeb?« Der Sechzehnjährige blickte auf.

Roger sprach sehr beherrscht, vernünftig und gelassen. »Ich hoffe, du hast vor, heute den Rasen zu mähen.«

»Ich hatte vor, ihn am Sonntagnachmittag zu mähen«, entgegnete Jeb, ohne den Blick vom Gesicht seines Vaters zu lassen.

»Der Rasen muß zu Beginn eines Wochenendes gemäht werden, nicht am Ende. Er ist jetzt fast so lang wie deine Haare.« Roger hatte es kaum gesagt, da taten ihm seine Worte schon leid. Er hatte doch Regina versprochen, das Thema Haare nicht mehr zu erwähnen.

Er will, daß der Rasen so aussieht wie seine Haare, dachte Jeb.

»Wenn man mehr als ein Drittel abmäht, schadet man dem Gras, das weißt du doch, Jeb. Der Rasen ist jetzt schon zu lang.«

»Dad?« sagte Jeb.

Roger glaubte zu hören, daß der Ton seines Sprößlings versöhnlich klang. »Ja?«

»Bleibst du heute eigentlich zu Hause?«

»Das hatte ich vor.«

»Wäre das nicht eine gute Übung für dich?«

»Was?« fragte Roger, der von Regina eine Pille entgegennahm und sie mit einem Schluck Kaffee hinunterspülte.

»Rasenmähen«, antwortete Jeb. »Ich dachte, es würde dir vielleicht Spaß machen.«

Schweigend bestrich Roger seinen Pfannkuchen mit Butter. Dann sagte er: »Ich hatte nicht vor, meinen freien Tag mit Rasenmähen zu verbringen, solange ein Experte wie du da ist.«

»Ich wollte eigentlich zu Donald«, erklärte Jeb.

»Den Rasenmäher über den Rasen zu schieben dauert nicht so lange, wie zu Donald zu gehen.«

»Ich wollte ja mit dem Kombi fahren.«

»Kommt Donald nicht über das Wochenende hierher?« Roger sah hilfesuchend zu Regina hinüber.

»Ja, heute abend. Ich habe eine Verabredung.«

»Was hast du?«

»Ich bin mit ihm nach dem Frühstück verabredet.«

»Wozu?« fragte Roger und ärgerte sich, daß er die Stimme gehoben hatte.

»Nur so zum Rummachen.«

»Was soll das heißen?«

Jeb kratzte mit seiner Gabel über den Teller.

»Hör auf damit!« sagte Regina. »Bitte!«

»Ich würde vorschlagen, daß du zuerst mit unserem Rasen rummachst«, sagte Roger.

Jeb sah hilfesuchend zu seiner Mutter hinüber.

Möglichst unauffällig formten Reginas Lippen die Worte: *Du mähst den Rasen.* Laut sagte sie: »Sieh zu, daß du damit fertig wirst, dann ist es erledigt.« Und zu Roger gewandt: »Louise möchte nach dem Frühstück mit uns sprechen.«

»O Gott, nein!« stöhnte Roger. »Hoffentlich nicht wieder einer von ihren Wenn-nicht-dann-kündige-ich-Sermonen!«

»Du wirst sie sicher wieder mit deinem Charme betören.«

Verrückte Welt, dachte Roger. *Von den Dienstboten wird man geliebt.*

»Zuerst muß ich jetzt Cargill anrufen«, erklärte Roger.

»Kannst du ihn nicht am Montag anrufen?«

»Als er mich gestern im Büro anrief, hat man ihm gesagt, ich sei bei einer Konferenz und würde ein langes Wochenende nehmen. Da meinte er, wenn ich am Freitag nicht in der Bank sei, solle ich ihn anrufen.«

»Ich finde es scheußlich, wenn du am Wochenende von Geschäften redest, Liebling.«

Wie auf ein verabredetes Zeichen hin standen Jeb und Dorry auf.

»Setzt euch, bis euer Vater fertig ist«, befahl Regina.

»Roger, du hast die Pfannkuchen ja kaum angerührt! Bist du heute mit dem linken Fuß aufgestanden?«

Ja, weil du nicht mehr bei mir im Bett warst, dachte Roger.

»Warum mußt du Mr. Cargill anrufen?« erkundigte sich Jeb, die Stimme der Vernunft.

Weil Cargills Konto zu wichtig ist, um ihn zu verärgern, dachte er, sagte aber: »Es ist nur höflich, einen Anruf von jemandem zu erwidern, den man so lange kennt wie ich Mr. Cargill. Vielleicht braucht er Hilfe.«
Woher wissen Kinder, wenn man lügt?
»Was ist das eigentlich für eine Bande, die das Wochenende bei uns verbringt?« fragte er.
»Dorry hat Kenny und Mike eingeladen«, erklärte Regina. »Nette Jungen, alle beide. Er hat ja auch schon bei Kenny übernachtet. Nancy hat Bernice eingeladen, und Jeb hat Donald eingeladen und – wie heißt er noch? Es ist am besten, wenn wir sie gleich alle auf einmal nehmen.«
»Er heißt nicht Wie-heißt-er-noch«, antwortete Jeb. »Er heißt El Greco. Du kennst ihn doch.«
»Ist das sein richtiger Name?« fragte Roger
»Aber Roger!« sagte Regina. »Das *kann* doch gar nicht sein richtiger Name sein.«
»Ist er ein Grieche?« erkundigte sich Roger bei Jeb.
»Er ist ein Schwarzer. Erinnerst du dich nicht an ihn, Mom?«
Doch, Regina erinnerte sich an ihn. Als Jeb ihn zum ersten Mal mitgebracht hatte, dachte sie, ob es wohl gut sei, daß ihr Sohn einen Freund hatte, der mindestens drei Jahre älter war, ganz bestimmt neunzehn, und einen eigenen Wagen besaß. Aber warum sollte er keinen eigenen Wagen haben? Sie vermutete, daß es sich seine Eltern, weil sie schwarz waren, nicht leisten konnten, ihm einen Wagen zu schenken. Woher also hatte er das Geld? War es ihr unbehaglich, daß Jeb mit einem Jungen verkehrte, der nicht aufs College ging? Oder waren all diese Überlegungen nur Vorwände, hinter denen sie den wirklichen Grund für ihre Abneigung verbarg: seine Hautfarbe? Regina war zu der Überzeugung gekommen, daß sie die Vorurteile ihrer Kindheit nur unzulänglich bewältigt hatte. El Greco war nun einmal Jebs Freund, und damit hatte sich's.
»Wieso nennt ihr ihn El Greco?« fragte Roger. »Malt er? Ist er künstlerisch begabt?«
»Er hat Rhythmus, Dad«, erklärte Jeb.
Regina lachte.
Roger, in eine Diskussion verwickelt, aus der er keinen Ausweg sah, schob seinen Teller von sich.
Nancy, die noch immer aß, hielt inne.
»Ich gehe Cargill anrufen«, sagte Roger.
»Denk daran, daß Louise mit uns sprechen will.«
An der Tür sagte Roger zu Jeb: »Vergiß bitte nicht, den Rasen zu mähen.«

Jeb machte eine obszöne Gebärde hinter Rogers Rücken. Dorry und Nancy kicherten. Regina schlug den erhobenen Finger herunter. »Er ist schließlich dein Vater!«

»Bist du sicher?« fragte Jeb.

»Du bist unverschämt!«

»Alles, was ich bin, habe ich zu Hause gelernt«, zitierte Jeb spöttisch, eine Hand auf dem sechzehnjährigen Herzen.

»Hoffentlich rufe ich nicht zu früh an, Bill«, sagte Roger.

»Keineswegs«, antwortete Cargill. »Ich hatte gehofft, Sie gestern nachmittag noch erreichen zu können, aber Ihre Sekretärin sagte, Sie seien in einer Konferenz, aus der sie Sie nicht herausholen könne.«

»Was ist denn los?« fragte Roger, der sofort merkte, daß seine Frage zu abrupt klang. »Haben Sie ein Problem, bei dem ich Ihnen helfen kann?«

Cargill schwieg einen Moment. »Ich glaube, wir sollten uns zu einem Gespräch zusammensetzen.«

»Montag?«

»Bis Montag habe ich mich vielleicht schon festgelegt.«

Worauf festgelegt? dachte Roger. *Du kannst mich heute nicht beanspruchen. Heute ist mein freier Tag.* »Ich muß zwar noch mit unserer verdammten Haushälterin sprechen, bevor sie in die Stadt fährt«, sagte er, »aber ich könnte vor dem Mittagessen noch zu Ihnen rüberkommen.«

»Ich möchte Ihnen keine Umstände machen«, erwiderte Cargill, »vor allem, da Sie ja heute Ihren freien Tag haben. Ich muß ohnedies zur Tarrytown Marina. Sie sind doch dort irgendwo in der Gegend, nicht wahr?«

»Ein bißchen weiter nördlich.«

»Das macht nichts. Kann ich bei Ihnen vorbeikommen?«

»Aber sicher.« Er beschrieb Cargill den Weg, dann sagte er: »Bill, machen Sie's nicht so spannend. Um was geht's?«

»Um zweieinhalb Millionen Dollar«, antwortete Cargill lachend. »Bis gleich.«

Nachdem er aufgelegt hatte, dachte Maxwell: *Das ist genau sein augenblickliches Kreditlimit, und er nutzt es nicht einmal voll aus. Warum hat er es bloß so eilig?*

Im Bestiarium lag Jeb, ein sechzehnjähriger Pascha, lang ausgestreckt, die Hände über der Brust verschränkt, auf dem oberen Doppelstockbett.

»Dorry!« Jebs Kommandostimme füllte den ganzen Raum. Die Tiere schwiegen unbetroffen.

Dorry, Unterpascha auf dem unteren Bett, fragte: »Was ist denn jetzt?«

»Bring mir das da!«

»Was denn?«

»Ich zeige doch drauf.«

»Wie soll ich das von hier aus sehen?«

»Beweg deinen Arsch aus dem Bett, dann wirst du sehen, wohin ich zeige.«

Dorry, mit der Ordnung der Dinge in der Welt vertraut, stieg aus dem Bett.

»Das«, sagte Jeb und zeigte auf den Stapel Rolling-Stone-Hefte.

»Welches?« fragte Dorry.

»Idiot! Das oberste natürlich.«

Dorry reichte das Heft hinauf und sah, daß es sein Bruder neben sich legte und wieder die Hände über der Brust faltete.

»Willst du's denn nicht lesen?« fragte Dorry.

»Hab' ich schon.«

»Weshalb wolltest du's denn haben?«

Ohne einer Antwort gewürdigt zu werden, legte sich Dorry resignierend wieder ins untere Bett.

Generalissimo Jeb musterte sein Reich: Posters an den Wänden, alle Tiere auf ihren Plätzen.

Dem Bären stand sein neuer Hawaii-Lei aus rotem Papier gut. Das Oval aus Papierblumen umrahmte vier runde Sloganplaketten, die wie Medaillen auf seinen Pelz gesteckt waren.

Jeb lachte. Das Suspensorium, das der Bär trug, war ebenfalls seine Idee gewesen.

»Wir müßten einen Riegel an der Tür haben«, meinte Jeb.

»Wozu?« fragte Dorry.

»Wozu? Wozu?« Jeb imitierte schrill den Stimmbruch seines Bruders.

»Die Badezimmertür hat doch auch einen Riegel.«

»Aber Mom will das bestimmt nicht.«

»Mom will das bestimmt nicht«, kickste Jeb. »Kriegst du schon Haare?«

»Was meinst du damit?« erkundigte sich Dorry leise.

»Du weißt genau, was ich meine.«

»Du hast's doch gesehen. Ich weiß, daß du's gesehen hast.«

»Drei Haare sind keine Haare«, erklärte Jeb.

»Mehr als drei.«

»Vier?« Jeb lachte ein höhnisches Paschalachen.

»Mehr als vier, 'ne ganze Menge.«

»Zeig her!«

»Wozu?«

Jeb hörte das Zittern in der Stimme seines Bruders. Beide Hände unter dem Kopf verschränkt, wartete er, bis sein Schweigen ausreichend Schaden angerichtet hatte. »Kaust du noch Nägel?«

»Mom sagt, du hast auch Nägel gekaut«, antwortete Dorry.

»Wie viele Nägel hast du?«

»Zehn.«

»Ach nein! Hast du denn keine an den Zehen?«

»An den Händen hab' ich zehn.«

»Idiot! Was würdest du sagen, wenn du nur neun an deinen Händen hättest? Los, hol mir meine Zange rauf!«

»Ich hab' aber doch gar nichts getan!«

Dorrys Kopf wandte sich erleichtert dem vorsichtigen, erlösenden Klopfen an der Tür des Bestiariums zu, dem gleich darauf ein zweites folgte.

»Wer ist da?« fragte Jeb. »Hier ist ein Privatzimmer.«

»Mommy«, antwortete eine Mädchenstimme. Der Türknauf drehte sich, und herein kam, Pascha Jeb die Zunge herausstreckend, Nancy mit einem etwas kleineren Mädchen, dessen langes, lose herabhängendes Haar von der Mutter jeden Morgen und jeden Abend gebürstet wurde.

»Bernice ist zu früh gekommen«, erklärte Nancy.

»Hallo, Bernice!« grüßte Dorry, der Gerettete.

Bernice war schüchtern und sprach nicht viel. Sie sah sich als eine Schaufensterpuppe, die darauf wartet, angezogen zu werden, vorderhand aber nichts trägt als ihr Haar. In Nancy, die genau wußte, daß sie nicht nur aus Haaren bestand, war Bernice bis über beide Ohren verliebt.

»Mach die Tür zu!« befahl Jeb.

»Tu, was er sagt«, riet Dorry und hoffte vergeblich, Jebs Sympathie zu erlangen.

»Was ist denn das da, an dem Bär?« fragte Nancy.

»Ein Suspensorium, du Dummkopf. Soll er sich etwa 'nen Hodenbruch holen?«

»Ich meine das rote Ding da, um seinen Hals«, sagte Nancy.

»Zerreiß das bloß nicht!« warnte Jeb.

»Ich will's mir ja bloß ansehen.«

»Das ist ein Lei«, erklärte Dorry grinsend.

»Ihr habt uns gestört«, sagte Jeb. »Ich wollte Dorry gerade operieren.«

»Wolltest du nicht«, widersprach Dorry.

»Nur einen Fingernagel«, sagte Jeb lässig. »He, du, Bernice – sag hallo!«

Bernice quetschte einen kaum hörbaren Gruß durch die Zähne. »Hallo.«

Jeb richtete sich auf. »Kannst du lesen?« Das galt Bernice.

»Selbstverständlich kann sie lesen«, mischte sich Nancy ein.

»Lies die erste Plakette«, befahl Jeb.

Bernice trat dicht an den Bären heran; die Plakette war höher als ihre Augen. »Da steht...«

Sie kicherte.

»Hihihi«, höhnte Jeb. »Lies!«

Ernüchtert, mit langem Gesicht, las Bernice: »Küß mich, ich kann's nicht aushalten.«

»Hast du gehört?« brüllte Jeb Dorry im unteren Bett an. »Gehorche!«

»Aber ich will nicht, daß er mich küßt«, protestierte Bernice.

»Ich habe genau gehört, was du vorhin gesagt hast«, erklärte Jeb. »Dorry!«

Puterrot im Gesicht kroch Dorry aus dem Bett und näherte sich zögernd seinem Opfer.

Bernice trat einen Schritt zurück.

Mit einem Satz sprang Jeb vom oberen Bett herunter, packte Bernices Hände, drückte sie fest auf die Brust des Bären und sagte: »Es ist dir unter Todesstrafe verboten, die Hände fortzunehmen, verstanden? Nancy, geh da rüber!« Er deutete auf die hinterste Zimmerecke. »Und jetzt, Dorry, tu, was sie gesagt hat!«

»Muß ich?«

»Dann hol die Zange.«

»Okay, okay.«

Vorsichtig näherte sich Dorry dem verängstigten Mädchen.

»Sie ist mein Gast«, protestierte Nancy.

»Halt den Mund!« befahl Jeb.

Ungeschickt reckte Dorry seinen Kopf über Bernices ausgestreckten linken Arm und drückte ihr flüchtig einen Kuß auf die Wange.

»Das ist kein Kuß«, erklärte Jeb. »Los, auf den Mund!«

»Nein!« sagte Bernice.

»Laß bloß deine Hände, wo sie sind!«

»Tu ich ja.«

»Okay, Dorry. Los!«

Den Kopf tief zwischen die Schultern gezogen, leckte sich Dorry die Lippen.

»Nicht bewegen!« sagte Jeb.

Dorry erstarrte.

»Ich meine Bernice.«

Dorry schob den Kopf aus dem sicheren Schutz seiner Schultern, reckte ihn abermals und küßte Bernice auf den Mund.

»So ist's schön«, lobte Jeb lächelnd. »Nicht bewegen.«

Grob stieß er Dorry beiseite.

Nancy beobachtete fasziniert ihre zur Unbeweglichkeit verurteilte Freundin.

»Welche Farbe hat er?« fragte Jeb.

»Wer?« flüsterte Bernice.

»Dein Schlüpfer.«

Bernice drehte den Kopf zu Nancy hinüber, die in ihrer Ecke stand, und bat mit flehendem Blick um Hilfe.

»Ich habe gefragt, welche Farbe er hat!«

Flüsternd kam die Antwort. »Weiß.«

»Woher soll ich wissen, ob du die Wahrheit sagst. Dorry!« Jebs Stimme traf seinen Bruder wie ein Peitschenschlag. »Geh nachsehen.«

Dorry schob sich an Bernice heran.

»Wovor hast du eigentlich Angst?« fragte Jeb. »Hast du noch nie Doktor gespielt? Daß Nancy Doktor gespielt hat, weiß ich. Du nicht, Bernice?«

Bernice biß sich auf die bläulichweißen Lippen. Dorry und Jeb hörten das Plätschern, sahen das Entsetzen auf Bernices Gesicht, als ihr – die Hände immer noch ausgestreckt auf dem Fell des Bären – der Urin an den Beinen herunterlief.

»Jetzt *mußt* du deinen Schlüpfer ausziehen«, stellte Jeb fest.

Als wäre ein Magnetfeld durchbrochen worden, löste Bernice ihre Hände von dem Bären, lief zu Nancy hinüber und barg das Gesicht an deren Schulter. Da öffnete sich die Tür, und Regina blickte fragend auf die beiden Jungen und die sich umarmenden Mädchen: »Was geht hier vor?«

Jebs Tyrannenblick durchbohrte seine Schwester.

»Nichts«, antwortete Nancy.

»Also, Jeb«, sagte Regina, »dann solltest du jetzt den Rasen mähen.«

Draußen lieferte der Rasenmäher die Geräuschkulisse, als Louise Roger und Regina gegenübersaß – die Hände im Schoß gefaltet, ein Bündel von viel zu vielen Kleidungsstücken, die ihren formlosen, fünfzigjährigen Körper versteckten.

Wie üblich, redete sie im Fragestil.

»Sie wissen, daß mein Vater Prediger war?«

»Ja, Louise, das haben Sie uns erzählt, als wir Sie einstellten.«

»Sie wissen, daß mein Mann ebenfalls Prediger war?«

»Ja, Louise.«

»Ich habe ihm verziehen, als er mit dieser Frau durchbrannte. Er brauchte ja unbedingt Sex.« Mit ihrem bestickten Taschentuch betupfte sie sich den Innenwinkel des rechten Auges. »Sie nehmen es mir doch nicht übel, wenn ich persönlich werde?«

»Sprechen Sie nur weiter, meine Liebe«, sagte Regina und dachte sofort, daß es besser gewesen wäre, wenn sie nicht »meine Liebe« gesagt hätte.

»Ich bin eine gottesfürchtige Frau«, erklärte Louise.

Roger wünschte, sie würde zur Sache kommen. Aber sie hatte das, was sie jetzt sagen wollte, offensichtlich in einer bestimmten Reihenfolge auswendig gelernt, und wenn sie gestört wurde, würde sie ärgerlich werden, und dann war es noch schwieriger, ein Ende zu finden.

»Es ist nämlich – dieses Zimmer da oben.«

»Das Bestiarium?« fragte Regina.

»Mrs. Maxwell, Sie wissen genau, welches Zimmer ich meine. Ich glaube nicht, daß Gott die Tiere zum Ausstopfen gemacht hat. Ich würde diese Viecher nie anrühren.«

»Louise«, wandte Roger höflich ein, »wir haben doch die Tiere nicht ausgestopft.«

»O ja, das weiß ich!«

»Wir haben das Haus so, wie es ist, von seinem vorigen Besitzer übernommen.«

»Aber warum müssen Sie sie behalten? Das ist ja ein Zoo!«

»Nun«, schwindelte Roger, »wir haben erst neulich darüber gesprochen, ob wir sie nicht weggeben sollten.«

»Es ist ja nur, weil die Kinder soviel Freude daran haben«, erklärte Regina.

»Ich kann da oben nicht saubermachen.« Sie setzte sich in Positur. »Ich kann das Zimmer nicht mal betreten. Das geht gegen meine religiöse Erziehung.«

»Wir könnten einmal im Monat für das Zimmer eine Reinigungsfirma kommen lassen«, schlug Roger vor.

»Und ich kann ja oben die Betten machen«, erbot sich Regina.

Louise schien erleichtert zu sein. »Tja, wissen Sie, eigentlich hatte ich ja kündigen wollen.«

»Wir hatten gehofft, daß Sie es nicht tun«, sagte Regina. »Wir haben Sie gern in unserer Familie.«

»Nachdem Sie ja an diesem Wochenende zu Hause sind, werde ich wohl in die Stadt fahren. Wissen Sie, meine Freundin Arista, bei der ich immer wohne, wenn ich in der Stadt bin, hat mich bei ihrem Pastor angemeldet – für heute nachmittag. Ich möchte ihn nämlich um Rat fragen, wissen Sie, wegen dieser Tiere. Es ist nicht nur das Saubermachen, es ist auch, weil ich mit ihnen unter einem Dach leben muß. Ich möchte hören, was der Pastor davon hält.«

»Dann werden Sie uns Bescheid sagen, nicht wahr?« fragte Regina.

»Am Sonntagabend. Übrigens, ich habe einen Brief von meinem Mann bekommen.«

»Ich erinnere mich, daß Ihnen ein Brief nachgeschickt worden ist.«

»Er schreibt, daß ihm sein neues Leben gefällt. Damit meint er natürlich den Sex, auch wenn er es nicht wörtlich so ausgedrückt hat. Er sagt, er hofft, daß mir mein neues Leben auch gefällt. Er hat mir einen kleinen Scheck geschickt – wirklich nett. Von den Tieren habe ich ihm nichts gesagt. Ich denke, daß er bald wieder schreibt.«

Roger hatte das Gefühl, daß er noch nicht entlassen war. »Ich wünsche Ihnen ein schönes Wochenende in der Stadt«, sagte er. »Wenn Sie möchten, fahre ich Sie gern zum Bahnhof.«

»Danke, ich gehe lieber zu Fuß. Bewegung tut gut. Ich bin inzwischen durch jede Straße in dieser Gegend gegangen, auch bis in die Einfahrten hinein, um die Ausstrahlung der Häuser zu fühlen. Ich kann nicht behaupten, daß dies ein sehr religiöser Ort ist.«

Hilfesuchend wandte sich Roger an seine Frau.

»Louise«, sagte Regina, »ich bin froh, daß Sie offen mit uns gesprochen haben – über Ihre Gefühle. Wir verstehen Sie durchaus.«

»Vielen Dank, Mrs. Maxwell.« Sie erhob sich.

Roger flüchtete in den Garten.

Draußen sah er, daß nur ungefähr ein Drittel des Rasens gemäht war. Der Mäher stand verlassen mitten auf einem Streifen. Jeb war nirgendwo zu sehen. Der unvollständig geschorene Rasen sah furchtbar aus. Dabei mußte Cargill jeden Augenblick auftauchen. Mit raschen Schritten ging Roger ums Haus. Der Kombi war fort.

Er hätte Jeb erwürgen können.

3

Als Maxwell Cargills Wagen auf dem Kies der Einfahrt hörte, warf er seine Zeitung hin, ohne sie erst zusammenzufalten, und ging mit raschen Schritten um die Nordseite des Hauses. Als er um die Ecke bog, wurde er langsamer, damit es nicht so aussah, als habe er es eilig.

Dorry und Nancy, die Besuchern immer entgegenliefen, standen schon neben dem weißen Kabrio und begrüßten Cargill und seine attraktive, rothaarige Begleiterin, während sich Bernice schüchtern zurückhielt.

»Na, wie heißt ihr?« fragte Cargill die Kinder, und dann, über Dorrys Schulter hinweg, rief er: »Hallo Roger! Kommen Sie, darf ich Ihnen Anthea vorstellen?«

Cargill, Ende Dreißig, aber jünger wirkend und herrlich braun gebrannt, wirkte in seiner Kapitänsmütze, dem italienischen Matrosenhemd und der weißen Segelhose eher wie eine Gatsby-Imitation als wie ein Mitglied des New Yorker Yacht Clubs.

Er hatte immer eine attraktive Frau bei sich. Wenn Cargill nach Büroschluß noch mit Roger auf einen Drink in eine Bar ging, um mit ihm dies und jenes zu besprechen, hatte sich mehr als einmal bald eine Dame zu ihnen gesellt, die von Cargill dann mit den Worten vorgestellt wurde: »Das ist Soundso. Wissen Sie noch? Ich habe es Ihnen doch erzählt, das Mädchen, mit dem ich ein Verhältnis habe.« Die Frauen schienen diese Offenheit zu mögen. Roger erinnerte sich, daß Cargill im frühen Stadium ihrer Bekanntschaft, vor annähernd zehn Jahren, einmal gesagt hatte: »Ich glaube, ein Banker könnte niemals so leben wie ich, nicht wahr? Anstand kann verdammt lästig sein. Ich hure herum, setze anderen Hörner auf und fahre mit den Weibern sogar über die Staatsgrenze, während Sie immer so aussehen müssen wie die Säulen in Ihrer Bank – aufrecht und auf Hochglanz poliert. Aber beruhigen Sie sich, Roger, ich beneide Sie dafür um die Stabilität in Ihrem Leben.« Dann war er in dröhnendes Gelächter ausgebrochen. Zuweilen, wenn sich Regina rar machte, beneidete Roger Cargill um seine wechselnden Sexualpartnerinnen.

»Na, wie heißt ihr beiden denn nun? Ich heiße Bill Cargill und bin ein Freund eures Vaters.«

Nancy wußte nicht recht, ob Mr. Cargill wirklich eine Antwort erwartete. Trotzdem sagte sie: »Ich heiße Nancy.«

»Und wie heißt du, Kleiner?« wandte Cargill sich an Dorry.

»Theodore.« Dorry errötete. »Aber alle nennen mich Dorry.«

»Wenn du willst, kannst du Onkel Bill zu mir sagen. He, Roger, das sind aber nette Kinder!«

Wenn man Kunden hat, auf die man angewiesen ist, dachte Roger, ist das genauso, wie wenn man Dienstboten hat, auf die man angewiesen ist. Man muß sich ewig anstrengen und Theater spielen.

Roger ging auf die Beifahrerseite des Wagens und schüttelte der Frau die Hand. Die Hand war warm und wohlgeformt. Doch seine Augen wanderten zu ihrem leuchtenden Haar hinauf, das nicht etwa kastanienbraun, sondern richtig rot war und, vom Fahrtwind zerzaust, frei herunterfiel. Regina hätte sich längst frisiert. Dieser Frau hier war das egal. Er wünschte, Regina wäre es auch egal.

»Anthea«, Cargill glitt hinter dem Lenkrad hervor, »rutsch rüber. Roger und ich müssen uns eine – wie lange? – eine Stunde ungefähr unterhalten. Fahr inzwischen ein bißchen spazieren. Drüben am Fluß gibt es mehrere

Stellen mit einer herrlichen Aussicht.« Und als er sah, daß sie gehorsam den Fahrersitz einnahm, sagte er: »Okay, Roger, suchen wir uns ein ruhiges Plätzchen. Gehen Sie voraus, ich folge. Er winkte Anthea nach, die bereits davonrauschte.

Roger zeigte Cargill sein Grundstück.

»Einen hübschen Swimming-pool haben Sie«, meinte Cargill. »Ich behalte nie ein Haus so lange, daß ich einen einbauen lassen kann, und eins mit Pool, das mir gefällt, habe ich bisher noch nicht gefunden. Übrigens, Ihre Wegbeschreibung war Klasse. Als Sie mir sagten, ich müsse nach fünf Komma drei Meilen abbiegen, hätte ich fast laut gelacht, aber, verdammt noch mal, es stimmte haargenau. He, wie ich sehe, habe ich Sie beim Rasenmähen gestört!«

»Nein, nein«, wehrte Roger hastig ab, »nur einen von meinen Söhnen. Er macht weiter, wenn wir fertig sind. Das Geräusch würde uns bloß stören... Warten Sie, ich zeige Ihnen das Wohnzimmer«, fuhr Roger fort und öffnete die Terrassentür.

Da er Cargills Zögern spürte, fügte er hinzu: »Dauert höchstens eine Minute.«

Drinnen musterte Cargill den weitläufigen, eleganten Raum.

»Ziemlich luxuriös«, stellte er fest.

Fand Cargill etwa, der Banker, der für ihn arbeitete, müsse bescheidener leben?

Sie setzten sich auf die Terrasse, und Regina brachte ihnen Kaffee.

»Milch und Zucker?« erkundigte sie sich.

»Wissen Sie was, Mrs. Maxwell, eigentlich hätte ich viel lieber einen Schuß Brandy im Kaffee, nur einen ganz winzigen Tropfen. Geht das?«

Cargill folgte Regina mit den Blicken. »Eine gut gewachsene Frau haben Sie, vor allem...«

Er unterbrach sich, aber Roger hatte doch gemerkt, wo sein Blick hängengeblieben war.

Dieser Mann, dachte Roger, *würde meine Frau bei der ersten Gelegenheit vögeln.*

»Fahren Sie heute mit dem Boot raus?« fragte er im Hinblick auf den seemännischen Aufzug Cargills.

»Reichlich Platz zum Schlafen für zwei«, erhielt er zur Antwort. »Und ich sage Ihnen, Roger, mein Alter, das Brummen dieser Motoren ist das allerbeste Aphrodisiakum!«

Das Boot war bei der letzten Vermögensaufstellung für die Bank unter Cargills Privatvermögen aufgetaucht. Als er noch in den Zwanzigern war, hatte er als Wunderkind gegolten und gerade angefangen, Gewinne zu machen. Damals wurde ihm Roger als Berater zugeteilt. Obwohl die Bank streng darauf achtete, daß die Darlehensberater alle paar Jahre ausgetauscht wurden, hatte Roger es geschafft, Cargill ständig zu behalten, weil er von seinem genialen Geschäftssinn schlechthin überwältigt war. Cargills große Einsicht hatte darin bestanden, daß die meisten Männer, die in Eisenwarengeschäften einkaufen, Hobbybastler sind, welche Werkzeuge und Geräte als Spielsachen betrachten. Daher hatte er ein überdimensionales Eisenwarengeschäft so eingerichtet, daß jede Wand und jeder Gang wie die Ausstellung eines Industriemuseums wirkten, wo man alles selbst ausprobieren kann. Statt »Berühren verboten« stand auf den Schrifttafeln: »Bitte ausprobieren.« In einem solchen Laden konnte ein Mann stundenlang herumschlendern, sich an den ausgestellten Sachen erfreuen und mehr kaufen, als er eigentlich gewollt hatte, nur weil er die Dinge zu Hause möglicherweise irgendwann einmal gebrauchen konnte. »Die Menschen kaufen mit den Augen ein«, pflegte Cargill zu sagen. Außer der Lagerware war nichts in Schränken versteckt. Cargills Verkaufsquote pro Quadratmeter Verkaufsfläche lag um vierhundert Prozent höher als der Durchschnitt anderer Eisenwarengeschäfte, die sich, statt mit der Versuchung zu spekulieren, auf die Notwendigkeit verließen. Rasch nutzte er den großen Erfolg aus und gründete die Cargill's Hardware-Supermarkt-Kette, deren Filialen meist in den neuen Einkaufszentren lagen, vorzugsweise zwischen einem Herrenbekleidungs- und einem Spirituosengeschäft, um deren Kunden anzulocken. Inzwischen gab es an der Ostküste einhundertunddreiundvierzig solcher Supermärkte, und kein Monat verging, ohne daß ein weiterer hinzukam, obwohl das Ganze in gewisser Weise immer noch ein Familienbetrieb genannt werden konnte. Denn Cargill behielt sich bei der Einstellung jedes neuen Managers selbst das letzte Wort vor. »Ich habe einen Riecher dafür, ob ein Mann gut ist«, hatte er einmal zu Roger gesagt.

Cargills Konto bei der Bank wurde gewöhnlich nur minimal überzogen. Er drehte buchstäblich jeden Penny zweimal um, was ein angestellter Manager niemals tun würde. Bei gemeinsamen Essen ließ er stets Maxwell bezahlen, und er machte auch nie Anstalten zu einer Gegeneinladung. Cargill kaufte Kommunalobligationen schon lange, ehe sie auch bei anderen als den ganz Reichen beliebt wurden. Er freute sich nicht nur über das steuerfreie Einkommen, sondern genoß außerdem die Idee, daß weder die Bundes- noch die Staatsregierungen etwas von dem Ertrag des Geldes zu sehen bekamen, das er beiseite legen konnte.

»Ehrlich gesagt«, begann Cargill, nachdem Regina den Brandy gebracht hatte und wieder im Haus verschwunden war, »mir wäre es lieber gewesen, wenn wir dies in Ihrem Büro hätten besprechen können.« Er musterte Maxwell, um dessen Stimmungslage einzuschätzen. »Ich habe da nämlich ein Problem. Oder vielmehr, Sie kriegen da ein Problem. Kommt ganz drauf an.«

»Na, dann schießen Sie mal los. Sie haben Ihr Kreditlimit bei weitem nicht ausgenutzt...«

»Das ist es nicht«, unterbrach Cargill. »Wenn ich ein höheres Limit brauchte, würden Sie es mir geben, das weiß ich. Nein, nein, die Liquidität ist okay, aber das bleibt vielleicht nicht so, wenn ich immer mehr Filialen baue. Mein Problem sind vielmehr die Kosten für das Geld.«

»Ich dachte, Sie wären mit dem halben Prozentpunkt über dem Niedrigstzins ganz zufrieden.«

»O ja, das war ich«, antwortete Cargill, der aufstand, nervös die Spitze einer Zigarre abbiß und sich über Maxwell beugte, um sich von ihm Feuer geben zu lassen. »Aber dann kam dieser Bursche von der First National City zu mir – ich meine, ich konnte ihm die Bitte um ein Gespräch doch nicht abschlagen, nicht wahr? – und sagt, seine Bank interessiere sich für mein Konzept, sie glaubten, die Supermarktkette habe Möglichkeiten auf überregionaler Ebene. Wie dem auch sei« – er war auf und ab gegangen und blieb nun stehen, um Maxwell scharf in die Augen zu sehen –, »er bot mir den Niedrigstzins an.«

Roger mußte überlegen. Die Revisionsabteilung untersuchte jedes Kundenkonto, das geschlossen wurde. Handelte es sich um ein großes Konto, mußte man irgend jemanden dafür verantwortlich machen. Zwar wurde niemand entlassen, aber die Bank konnte einen restlos kaltstellen.

»Hm«, sagte Roger tief einatmend, »ich wußte nicht, daß Sie in die gleiche Kategorie fallen wie General Motors, Bill.«

»Tu ich ja auch nicht. Sie wollen ganz einfach nur, daß ich zu ihnen überwechsle.«

»Bill, es freut mich, daß Sie das einsehen. Na schön, die Leute versprechen Ihnen den Niedrigstzins, geben Ihnen vielleicht sogar auch den Niedrigstzins. Was aber passiert, wenn ein paar von Ihren neuen Filialen nicht funktionieren, wenn die Erträge sinken, das Bargeld knapp wird? Was kann sie dann daran hindern, in – sagen wir – sechs Monaten oder einem Jahr einen halben oder sogar einen ganzen Prozentpunkt über dem Niedrigstzins zu verlangen?«

»Gar nichts. Dann würde ich zu Ihnen zurückkommen oder irgendwohin gehen, wo man mich nimmt. Im Augenblick aber ist es so, daß mir diese Leute bei dem Kredit, den ich gegenwärtig in Anspruch nehme, sage und schreibe zehn Tausender sparen helfen. Das ist geschenktes Geld. Profit.

Sehen Sie, Roger, nehmen wir einmal an, ich will eines Tages das Geschäft auflösen, und nehmen wir an, mein Kreditlimit bei der Bank ist dann – na, wie hoch? – doppelt so hoch wie jetzt. Wenn ich dann Niedrigstzins habe, spare ich über zwanzigtausend vom Reingewinn vor Abzug der Ertragssteuer. Und wenn ich von einem Bankenkonsortium das Zehnfache bekomme, dann kann ich hunderttausend extra einstecken, wenn ich jetzt diesen halben Prozentpunkt sparen und dabei bleiben kann.«

Der Mann ist ein Pfennigfuchser. Das ist kein Gentleman. Roger widerrief diese Lüge. *Er ist ein Scheißkerl, weil er Bescheid weiß. Ich mag Kunden, die der Bank mit Respekt gegenübertreten, und nicht solche, die meinen, sie seien auf einem persischen Bazar, auf dem Geld verhökert wird.* Immer noch gelogen. *Ich möchte willfährige Kunden, gehorsame Kunden. Diesem Mann paßt es nicht, daß ich in einem so großen Haus wohne. Er findet, ich verdiene zuviel Geld. Jetzt rächt er sich.*

»Was meinen Sie?« Cargills Zigarrenspitze war auf ihn gerichtet.

Den Kunden festhalten. Nicht um Punkte feilschen.

Rogers Stimme war ganz ruhig. »Ich hatte eigentlich immer gedacht, was oei der Zusammenarbeit mit einer Bank zählt, sei nicht der Zinssatz, sondern das gute Verhältnis. Wir kennen Sie. Sie kennen uns. Wir haben Ihnen immer geholfen. Ich weiß noch, als Ihr Kreditlimit fünfzigtausend Dollar betrug, statt wie jetzt zweieinhalb Millionen. Ihre Geschäfte expandierten dank unseres Geldes, weil wir Vertrauen zu Ihnen hatten. Immer, wenn Sie sich mit Problemen trugen, waren wir für Sie da.«

»Sie wollen doch jetzt nicht auf die Tränendrüsen drücken, Roger, nicht wahr? Ich bin doch kein Anfänger mehr.«

»Ich wollte Sie lediglich daran erinnern, daß unser gutes Verhältnis zueinander für Sie ein beachtlicher Pluspunkt ist.«

»Zehntausend Dollar in bar sofort, später vielleicht das Zwanzigfache.« Rogers Herz klopfte heftig, und er hoffte, daß man es ihm nicht ansah.

»Was soll ich für Sie tun?«

»Ich habe nicht erwartet, daß Sie mir einfach Lebewohl sagen.« Cargill lächelte. »Ziehen Sie gleich.«

»Niedrigstzins?«

»Niedrigstzins.«

»Der Ausschuß würde es nie genehmigen.«

»Sie werden ihn überreden.«

»Er würde das als negativen Präzedenzfall betrachten.«

Cargill betrachtete das Ende seiner Zigarre. »Muß es denn unbedingt jemand erfahren? Es ist doch eine Angelegenheit zwischen mir und der Bank.«

»Banker denken da anders.«

»Ich kenne Sie, Roger«, erwiderte Cargill. »Sie sind nicht so engstirnig wie die anderen. Auch beim Niedrigstzins macht die Bank noch ein Geschäft. *Sie* würden mir entgegenkommen.«

Roger wünschte, Cargill würde sich nicht so weit herüberbeugen. »Ja«, gestand er. »Aber es kommt mir im Moment sehr ungelegen.«

»Das tut mir leid.«

»Wann müssen Sie Bescheid haben?«

»Bis Dienstag.«

»Ein knapper Termin.«

»Deswegen wollte ich Sie ja gestern sprechen. Deswegen bin ich auch heute hergekommen. Die wollen ihr Angebot nicht lange aufrechterhalten. Der Termin kommt von denen, nicht von mir.«

Roger bezweifelte das. Cargill hatte den Zeitdruck eingeplant.

Beide hörten sie den Wagen in der Einfahrt. »Sie ist wieder da«, sagte Cargill. »Ich muß gehen.«

Er reichte Roger die Hand. »Wie es auch ausgeht«, erklärte er, »wir bleiben Freunde.«

Wir sind noch nie Freunde gewesen, dachte Roger.

Noch ehe Cargills Wagen das Grundstück verlassen hatte, schob Roger den Rasenmäher den halbvollendeten Streifen entlang und schnitt das samenschwere Gras. Der Auffangkorb füllte sich schnell; ebenso schnell wuchs in ihm die Wut.

Vierzig Minuten später hatte Roger, dessen rotweißes Sporthemd schweißdurchtränkt war, eine imaginäre Sitzung des Ausschusses durchgespielt und noch einmal durchgespielt. Er sah keine Möglichkeit, die Mitglieder zu überzeugen, daß sie einer Firma wie der von Cargill den Niedrigstzins einräumen müßten. Sie würden ihn auslachen, wenn er darauf bestand. Als Ende 1966 die große Bargeldknappheit herrschte, hatte der Ausschuß verlangt, daß Cargill sein Konto vorzeitig ausglich. Sie hatten getan, als zweifelten sie an seiner Liquidität. Aber es war ganz einfach das Scheißgeld, was sie wollten. Und er hatte diesen Mistkerl gerettet. Cargill kannte eben keine Treue. Man brauchte doch bloß zu sehen, wie er von einer Frau zur anderen lief.

Roger hatte den Rasen fast fertig, als er eine Stimme hörte, die sich gegen den Lärm der Maschine zu behaupten versuchte. Er stellte den Motor des Mähers leiser.

»Hallo, Dad!« sagte Jeb. »Soll ich weitermachen?«

»Siehst du nicht, daß ich fast fertig bin?«

»Komm schon, ich mach' das!«

Roger stellte die Maschine wieder laut, aber Jeb blieb stehen.

»Was willst du denn noch?« überschrie Roger den Lärm.

»Soll ich vielleicht...« Die Stimme seines Sohnes war genauso laut wie seine eigene, eine Männerstimme. »Die Eibe«, schrie Jeb, »du wolltest sie doch ausgraben. Soll ich das nicht lieber für dich tun?«

»Nein!« fuhr Roger ihn wütend an. »Das mache ich selber!«

»Ich wollte dir ja nur helfen.«

»Ach, geh zum Teufel!«

Jeb stand da wie vom Donner gerührt. Sekundenlang bewegte er sich nicht von der Stelle; dann stelzte er davon wie eine verwundete Giraffe.

Roger hätte ihn am liebsten zurückgerufen. Wie sollte er ihm erklären, daß er Simeons Eibe selbst ausgraben mußte? Oder daß ihn Cargills Ultimatum so wütend gemacht hat? Es war nicht Jebs Schuld. Er war unfair!

4

Während Roger den Rasenmäher über den letzten ungeschnittenen Grasstreifen schob, dachte er an das Buch, das Regina immer nur »Rogers Album« nannte, obwohl es eigentlich gar nicht seins war. Es war vielmehr ein Familienalbum, zu dem er lediglich die Anregung gegeben hatte. Das Album war in vier Abschnitte eingeteilt, für jedes der vier Kinder einen, und jeder Abschnitt begann mit dem nichtssagenden Foto des entsprechenden Kindes im Krankenhaus kurz nach der Geburt – diese Fotos hätten die Kinder am liebsten zerrissen. Dem Krankenhausfoto folgte dann Jahr für Jahr ein am Geburtstag des Kindes aufgenommener Schnappschuß, und bisher fehlte kein Foto in dieser Reihe. Roger hatte das Gefühl, indem er dieses Ritual einhielt, schütze er irgendwie das Leben der Kinder. *War ein Kind tot, konnte man kein neues Geburtstagsfoto mehr machen. Kam daher ein weiteres Foto hinzu, so bedeutete dies, daß das Kind nicht sterben konnte.* Einmal, als Harry vier wurde, war er gerade auf einer unaufschiebbaren Geschäftsreise im Ausland. Regina hatte deshalb an seiner Stelle das Foto gemacht – ein bißchen verwackelt; Harry habe sich bewegt, behauptete sie. Harry dagegen meinte später, seiner Mutter habe vermutlich die Hand gezittert, weil es eine solche Verantwortung war, dieses Foto für Dads Album zu schießen.

Roger stellte den Mäher ab und ging in sein Arbeitszimmer, wo er das Album in der unteren rechten Schublade seines Schreibtisches aufbewahrte. Warum er immer ein schlechtes Gewissen hatte, wenn er die Seiten durchblätterte – etwa wie ein kleiner Junge, der ein verbotenes Buch ansieht –, vermochte er sich nicht zu erklären. Da war Harry, bis zu seinem zwanzigsten Geburtstag, obwohl Harry in den vergangenen beiden Jahren eingewandt hatte, man könne diese Gewohnheit schlecht aufrechterhalten, wenn er auswärts am College sei.

Bei Harrys Erziehung, hatte er seinerzeit Regina erklärt, hoffe er, zu dem bestmöglichen Kompromiß zwischen einem Maximum an wünschenswerten Eigenschaften und einem Minimum jener Schwierigkeiten zu gelangen, in die Kinder und Teenager nun einmal kommen. Ungefähr vor zwei Jahren erst war Roger plötzlich aufgefallen, daß Harrys Talent im Umgang mit seinen Altersgenossen und mit Erwachsenen, denen er mit scheinbarer Liebenswürdigkeit und ungezwungener Konzilianz begegnete, in Wirklichkeit ein recht eigennütziger Charakterzug war. Denn jeder durfte nur dann einen Moment lang die Szene beherrschen, wenn Bühnenmeister Harry ihn dazu aufrief. Auf äußerst diplomatische Art und Weise nutzte er die Menschen, seine Eltern nicht ausgenommen, für seine persönlichen Zwecke aus, bis ihm Roger eines Tages klargemacht hatte, daß er sich von seinem Sohn nicht mehr manipulieren lasse. Harry schien das nicht weiter zu stören. Die Welt war voller Menschen, die auf seine höflichen Befehle nur warteten.

Roger blätterte bis zu Jebs Foto im Album weiter. Auch im Leben hatte er sich später mehr Jeb zugewandt und gehofft, daß ihn der Jüngere nicht so enttäuschen werde wie Harry. Jeb schien von zehn oder elf Jahren an das genaue Gegenteil von Harry zu sein. Während Harry unter dem Anschein von Bescheidenheit andere Menschen wie Figuren auf einem Schachbrett hin und her schob und glaubte, eines Tages Meister in der Behandlung von Menschen zu werden, sprach Jeb ohne Rücksicht auf die Folgen jeden Gedanken aus. Genauer gesagt, glaubte Roger das, bis Jeb zwölf Jahre alt war, denn da erkannte er, daß Jebs Freimut in Wahrheit eine Herausforderung an die anderen war, ihn trotz seines Mangels an Diplomatie zu lieben. Da Jeb Harry auf dessen Gebiet nicht schlagen konnte, hatte er sich eine eigene Taktik zurechtgelegt.

Von dem Augenblick an, da Roger dies einsah, war Jeb insgeheim sein Liebling geworden. Roger machte Jeb liebevolle Komplimente und reagierte auf seine rebellische Offenheit, als wäre sie das natürlichste von der Welt. Das Resultat war freilich, daß Jeb sich gezwungen sah, ständig noch bösartigere Bemerkungen zu ersinnen, um die Liebe seines Vaters auf die Probe zu stellen.

Einmal hatte Jeb Rogers Aufforderung zu einem Ausflug mit ihm allein ausgeschlagen und war lieber zur Party eines Freundes gegangen. Roger hatte zu ihm gesagt: »Macht nichts, halb so schlimm«, in seiner Enttäuschung jedoch beschlossen, zu seinem eigenen Schutz das Verhältnis zu Dorry enger zu gestalten, der damals gerade im selben Alter war wie Jeb, als Roger das Gefühl hatte, ihm am nächsten zu stehen. Dennoch fühlte sich Roger auch von Nancy angezogen, die ihren Vater vergötterte und, jedenfalls zu diesem Zeitpunkt ihres Lebens, absolut ohne Arg zu sein schien. Roger sah die Entwicklung genau: Er war für jedes seiner Kinder ein zunehmend entbehrlich werdender Vater.

Als er zu Jebs Fotos zurückblätterte, bereute er die Worte, die ihm nicht aus dem Kopf gehen wollten: *Ach, geh zum Teufel!* Das mußte er möglichst schnell wiedergutmachen.

Reginas Nähe spürte er erst, als sie ihren Arm unter den seinen schob und ihre Haut die seine berührte.

»Hier hast du dich also verkrochen«, sagte sie.

Verlegen schob Roger das Album in die offene Schublade. »Ich muß den Rasenmäher wegräumen.«

»Das kannst du später auch noch machen.«

»Ich habe die Ränder noch nicht beschnitten. Du weißt, wie der Rasen aussieht, wenn die Ränder unordentlich sind.«

»Überlaß das Jeb. Komm, wir machen lieber einen Spaziergang.«

Konnte er ihr das abschlagen? In diesem Augenblick kam sie ihm mehr als schön vor, war sie eine Frau, die er bei allem, was ihm im Leben noch beschieden war, an seiner Seite wissen wollte.

Sie führte ihn zu einem Bummel aus dem Haus über die Einfahrt hinweg auf den Rasen.

»Wie ist dein Gespräch mit Cargill verlaufen?« Ihre Stimme paßte, frisch wie sie klang, zu ihren munter federnden Schritten.

Mit einer knappen, wegwerfenden Geste seiner freien Hand winkte Roger ab. Er wollte sie nicht mit seinen Sorgen belasten. »Hast du gemerkt, wie anerkennend Cargill dich gemustert hat?«

»Nostalgie. Sehnsucht nach einer älteren Generation, in der die Frauen weniger anspruchsvoll waren. Ziemlich scharf scheint er zu sein. Na ja, ist ja auch gleichgültig, hopplahopp, rin in die Kartoffeln, raus aus den Kartoffeln.« Arm in Arm mit ihm, führte sie ihn auf dem Rasen herum.

»Beneidest du Männer, die hinter jungen Mädchen her sind?«

»Madame«, antwortete Roger, »ich strebe nach Erfüllung in der Liebe und nicht nach jungen Damen, die beim ersten auf ein zweites Mal hoffen.«

Er spürte, wie sie anerkennend seinen Arm drückte.

»Erfahrung ist eines, straffe Haut etwas anderes«, sagte sie ein wenig fragend.

»Madame, Ihre Haut ist noch immer so schön wie an dem Tag, da Sie mir erstmals erlaubten, jeden Zentimeter davon zu sehen.«

Sie streichelte eine Rosenknospe. »Aber, aber, Mr. Maxwell, wenn Sie so was sagen, muß man als Dame ja erröten!«

Sie zog ihren Arm aus dem seinen und ließ ihre Hand zu seinem Gesäß hinabgleiten. Instinktiv warf Roger einen vorsichtigen Blick in die Runde. Regina lachte. »Aber Roger, Mutter und Vater sehen uns nicht mehr zu.«

»Die Kinder...«, begann er.

»Werden den Schock bestimmt überstehen, wenn sie merken, daß ihre Eltern Zuneigung füreinander hegen, meinst du nicht?«

Er mußte lachen.

»Mr. Maxwell, Sir«, sagte sie mit honigsüßer Stimme, »sehnen Sie sich manchmal nach einer Südstaatenlady, von deren Öffnungen eine auf geheimnisvolle Weise versiegelt ist?«

»Ich möchte wetten, als du so alt warst wie Nancy jetzt, warst du eine schamlose Abenteurerin.« Er erinnerte sich genau, wie schüchtern sie gewesen war.

»Ich muß schon sagen!« Sie imitierte den Akzent, der den Damen aus den Südstaaten immer im Film untergeschoben wird. »Wenn man so alt ist wie ich, kann man sich nicht mehr daran erinnern, wie es gewesen ist, als man noch Jungfrau war.« Unvermittelt drehte sie den Kopf, genoß seine Verlegenheit, als sie blitzschnell mit der Zunge in sein Ohr fuhr, lief davon, machte einmal kurz halt, um ihre Sandalen von den Füßen zu schleudern und sich zu vergewissern, daß er ihr auch folgte, und jagte dann weiter über den Rasen, atemlos, stolpernd, bis es ihm endlich gelang, sie einzuholen.

Roger hielt sie an beiden Armen fest.

»Nanu, Mr. Maxwell, Sie werden doch wohl eine Dame nicht mit Gewalt nehmen wollen, wie?« Sie ließ sich ins Gras sinken, und Roger hielt sie immer noch fest. Als er begann, sie zu küssen, hörten sie von einem Fenster des Hauses her eine Stimme.

Dorry schrie: »Mom, hast du mal Zeit?«

Regina stand auf, beide Hände auf die Hüften gestützt, und rief zurück: »Wir schmusen gerade!«

Dorrys Gesicht verschwand vom Fenster, der Fensterflügel wurde geschlossen.

»Siehst du?« sagte sie, als sie sich wieder zu Roger legte. »Es kann nicht so wichtig gewesen sein.«

Roger, beide Hände unter dem Kopf, sah den Wolken nach, weiße Wattebäusche vor dem strahlenden Blau des klaren Himmels. »Ich beneide dich«, sagte er.

»Wieso?«

»Du kannst überall vertraulich werden. Du bist nie verlegen.«

»Und du kamst mit einer Weste zur Welt. Deswegen bist du wohl auch Banker geworden. Weil das ein Beruf ist, hinter dem du dich verstecken kannst.«

Roger wußte, ihr wäre es lieber gewesen, wenn er einen romantischen Beruf ergriffen hätte, irgend etwas, das mit Kunst zu tun hatte. Auch etwas Intellektuelles hätte ihr gefallen. Er wäre zwar immer derselbe gewesen, aber sie hätten andere Freunde gehabt, hatte sie einmal gesagt. Aber vielleicht wäre er doch nicht derselbe gewesen.

»Ich hätte Pappschachtelfabrikant werden können«, sagte er.

»Oder Politiker«, entgegnete sie.

»Nein. Irgendwo muß man die Grenze ziehen.«

»Wie wär's denn hier?« Mit dem Finger zog sie eine Linie über seine Wange, schräg über seine Brust und dann, im Winkel, noch tiefer hinunter, was ihn veranlaßte, sich abzuwenden. »Die Kinder könnten uns sehen.«

»Scheiß auf die Kinder!« sagte Regina, und er liebte sie dafür.

Eine Zeitlang lagen sie nebeneinander und betrachteten den Himmel, während ihre Gedanken verschiedene Wege gingen.

Nach einer Weile sagte Regina: »Während du mit Mr. Falkenauge dieses geschäftliche Tête-à-tête hattest, war ich in der Küche beschäftigt, und da klingelte das Telefon. Ich nahm den Hörer ab, ehe ich mich aber melden konnte, hörte ich Dorry am Nebenapparat.«

»Und hast gelauscht.«

»Auch ich bin nicht von Sünden frei.« Sie drückte seinen Arm. »Es war Matilda, und sie fragte nach Jeb. Jeb war bei Donald, darum hat sie ihm etwas Sonderbares ausrichten lassen: ›Sag Jeb, das geht in Ordnung, mit heute abend.‹«

»Ich dachte, Jebs Freunde übernachten bei uns?«

»Ich möchte wissen, was unser Sechzehnjähriger im Schilde führt.«

»Das würde ich auch gern wissen«, antwortete Roger. Aber seine Gedanken waren anderswo, suchten nach einer Möglichkeit, dem Ausschuß am Montag die Bitte um den Grundzinssatz vorzutragen, ohne sich lächerlich zu machen.

»Roger Maxwell, du hörst gar nicht zu!«

Er legte den Arm um sie und küßte sie unkonzentriert.

»Jetzt hol mal sofort deine Gedanken hierher zurück, wo sie hingehören«, befahl Regina, und jetzt küßte sie ihn. Ihre Lippen berührten leicht seinen Mund.

Roger stellte sich vor, daß Cargill oben am Rand einer Klippe stand. Ein Stoß, und Cargill stürzte hinab. Das war Roger lieber als die Art, wie er sich von Simeon King befreit hatte.

»Worüber lachst du?« fragte Regina.

»Ich habe mich nur eines Eindringlings entledigt.« Er nahm ihr Gesicht, das er so liebte, in beide Hände und hob ihren Kopf zu sich herauf. Seinen Mund auf dem ihren, spürte er ihren Duft, ein Aphrodisiakum, das ihr allein gehörte, bis auf die Augenblicke, in denen sie ihm, wie jetzt, gestattete, daran teilzuhaben.

»Oh, danke!« sagte sie atemlos mit plötzlich sehr starkem Südstaatenakzent, den sie gelegentlich annahm, wenn sie sich liebten wie damals, in den allerersten Tagen ihrer wilden, unerträglichen Leidenschaft.

Oh, danke – das sagte sie zuweilen, wenn der Tremor ihres Orgasmus sich so weit gelegt hatte, daß sie wieder normal sprechen konnte. Als sie zum ersten Mal bei einem Orgasmus geschrien hatte, daran erinnerte er sich genau, war er unendlich erschrocken und hatte befürchtet, die Wand ihrer Vagina durchstoßen zu haben. *Nein, nein*, hatte sie gekeucht, als er sich zurückziehen wollte, *bleib da!* Dieser Schrei hatte ihre Zurückhaltung in alle Winde gejagt, und sie war nie wieder zurückgekommen. Eine Zeitlang wurde sie zur Wildkatze, riß mit den Nägeln seinen Rücken blutig, und wenn er in die Kissen sank, verwundet, aber noch erregt, war sie auf ihn gestiegen und hatte ihn geritten, der Hof ihrer Brüste blutrot, eine Ader deutlich geschwollen. Herrlich, unbändig war sie zum Höhepunkt gekommen und dann erschöpft auf ihn gefallen, hatte seine Brustwarzen geküßt, ihn gebissen, damit er seinen Rücken vergaß, und hinterher hatte sie sich splitternackt, Hände auf den Hüften, damit er sie ungehindert bewundern konnte, vor ihn hingestellt und erklärt: »Also, Roger, wenn Südstaatenladies sich nicht so benehmen, dann bin ich eben keine richtige.«

»Woran denkst du?« fragte sie ihn nun im Gras, und er flüsterte das Wort, das ihnen als Code für jene Episode diente.

Sie stand auf, ergriff seine Hand und zog ihn mit sich ins Haus. Zum Glück begegneten sie keinem der Kinder. Die große Treppe hinauf, ins Schlafzimmer; ein- oder zweimal ließen sie ihre verschlungenen Hände schwingen. Als sie dabei wie zufällig sein Geschlechtsteil berührte, erregte ihn diese Berührung genauso wie damals, als er, ein junger Offizier, an einer Bar gesessen und eine völlig fremde Frau sich neben ihn gesetzt hatte, um ihm wortlos die Hand auf den Schoß zu legen. Sie hatte dann zwar »Verzeihung« gesagt, ihre Hand aber nicht fortgenommen, und auch das hatte ihn den Vorteil des Überraschungsmomentes gelehrt. Oben im abgeschlossenen Schlafzimmer kehrte ihm Regina den Rücken und ließ ihre Hose fallen, damit er, während sie sich die Bluse auszog, die ihm liebste Partie ihres Körpers vor Augen hatte. »Kein Wunder, daß es so verlockend aussah, als du heute morgen beim Frühstück über den Herd gebeugt standst«, sagte Roger, denn unter ihrer langen Hose war sie nackt. *Regina ist doch ein Teufelsweib,* dachte er, als sie ihn anschließend auszuziehen begann.

Um sechs Uhr abends meldete Regina, daß alle Wochenendkinder eingetroffen und im Bestiarium versammelt seien, wo sie sich Musik anhörten, die zwei Stockwerke tiefer wie dumpfes Donnergrollen klang.
»Das Essen ist auch fertig«, sagte Regina. »Soll ich sie holen?«
»Ich geh' schon«, erwiderte Roger.
»Wir wollen möglichst viel Zeit haben, ehe es dunkel wird«, mahnte sie.
»Also, mach schnell.«
Im zweiten Stock umschloß Rogers Hand den kalten, runden Türknauf. Dann stieß er die Tür zum Bestiarium auf, den letzten Schutzschild gegen den Anprall von Rockmusik, die nun seine Ohren attackierte. *Eine Handgranate in den vom Feind besetzten Raum schleudern, rasch die Tür ins Schloß werfen: Kriegslektion.*
Durch dichte Rauchwolken starrten acht Gesichter den Eindringling an. Die Augen der ausgestopften Tiere funkelten. An den Wänden neue Poster: Der obszöne, schwarze Hendrix mit den dicken Lippen, wie er seine Gitarre vergewaltigt – war er nicht tot? Die Lippen der Joplin, bereit, den Mikrofonkopf zu lutschen – war sie nicht tot? Was war heutzutage eigentlich mit den Kindern los? Am liebsten hätte er *Ruhe!* in den Lärm hineingeschrien. Nancy hatte sich mit ihrer Freundin Bernice auf eines der unteren Betten verkrochen. Wie konnten sie sich bei diesem Krach unterhalten? Und was machten die drei da drüben, Dorry, sein neuer Freund-Sklave Kenny und dieser Mike? Lachten sie ihn etwa aus? El Greco mimte einen Tanz mit dem Braunbären, Donald klatschte, Jeb klatschte. *Verdammt, was ging hier vor?*
Nichts?
Jeb hob den Saphir von der Platte. Stille schnitt den Raum in zwei Teile, hier die Kinder und die Tiere, dort, wie festgenagelt an der Tür, Roger Maxwell.
»Hallo, Dad!« sagte Jeb. »Stimmt was nicht?«
Es sind Kinder, sagte sich der Eindringling.

Acht Gesichter beobachteten ihn.

Nimm dich zusammen. Zu deinen Kunden bist du höflich. Also sei auch zu den Freunden deiner Kinder höflich. Lächle!

»Ihr seid alle herzlich willkommen«, sagte er. »Vergeßt nur nicht, daß es in diesem Haus außer euch noch zwei Erwachsene gibt, die sich an diesem Wochenende ausruhen wollen.«

Wenn er während des Krieges seinen Rekruten eine Standpauke gehalten hatte, war sein Blick von einem zum anderen gewandert, um einen zu entdecken, der nicht zuhörte.

»Wir wollen gut miteinander auskommen. Wenn ihr unseren Anweisungen folgt, werden wir heute am Echo Lake einen schönen Abend und darüber hinaus ein schönes Wochenende verleben. Wir sind jetzt abfahrbereit. Das Essen ist in den Körben verstaut. Sobald wir dort sind, werden wir picknicken, und dann könnt ihr bis zum Dunkelwerden rumtoben. Anschließend treffen wir uns zum Nachhausefahren. Aber bitte keine Dummheiten! Noch irgendwelche Fragen?«

Erst jetzt sah er Regina in der offenen Tür stehen. *Mr. Wichtigtuer*, hatte sie ihn einmal genannt, als sie ihn dabei erwischt hatte, wie er den Kindern eine Strafpredigt hielt. *Das sind doch nicht deine Rekruten.*

»Die Spezialität, die ich für den Herrn und Meister dieses Hauses zubereitet habe, bleibt nicht ewig heiß«, sagte sie. »Also, wollen wir los?«

Sämtliche Kinder stimmten zu. Dann polterten sie in bester Picknickstimmung die Treppe hinab. Die Tiere im Bestiarium blieben allein.

Roger verließ das Haus als letzter, machte die Lichter aus und vergewisserte sich, daß alle Türen abgeschlossen waren. Draußen drängten sie sich um den vollgepackten Kombiwagen, der gar nicht genügend Platz für alle zu bieten schien.

»Nicht drängeln!« mahnte Roger und setzte sich hinter das Steuer. Regina quetschte sich neben ihn. Weil es für sie immer noch eine Überwindung war, in der Enge eines überfüllten Wagens neben einem Schwarzen zu sitzen, forderte sie El Greco auf, bei ihr und ihrem Mann auf dem Vordersitz Platz zu nehmen: »Weil du der älteste bist.«

Donald, Kenny und Mike drängten sich auf der zweiten Sitzbank, und Jeb schaffte sich dort auch noch Platz. Dorry, der nicht schnell genug gewesen war, mußte sich dazu herablassen, die nach hinten gerichtete dritte Sitzbank mit Nancy und Bernice zu teilen, deren Beine auf den Körben mit den Speisen und Getränken lagen.

»Dad«, fragte Jeb, »darf ich fahren?«

Roger zögerte. Der Gedanke, diesen Wagen voller Kinder einem Anfänger anzuvertrauen, paßte ihm gar nicht. Er hatte genügend Ärger mit

Harry gehabt, der sich nicht auf die Straße konzentrieren konnte, vor allem, wenn er das Auto für seine Verabredungen mit Mädchen ausborgte. Zwei Geschwindigkeitsübertretungen in zwei Jahren; die zweite hätte Harry ums Haar den Führerschein gekostet.

»Bitte!« sagte Jeb.

Er will sagen: *Zeig mir, daß du mich liebst,* dachte Roger.

»Ach, laß ihn doch«, meinte nun auch Regina. »Er muß doch üben. Und ich bin sicher, daß er vorsichtig fährt.«

Roger und Jeb tauschten die Plätze, Roger klemmte sich zu Donald, Mike und Kenny, Regina aber hockte weiterhin vorn, versuchte, mit dem linken Bein Jebs Fuß auf dem Gaspedal auszuweichen, während sich ihr rechter Schenkel gefährlich eng an Grecos Bein drückte.

Es ging los.

Roger hatte nur selten Gelegenheit, beim Fahren auf die Landschaft zu achten: diese zarten Hartriegelsträucher, wunderschön auch noch, nachdem sie die Blüten abgeworfen hatten, die wilden Tigerlilien am Wegrand. Er war froh, nicht mehr in der Stadt wohnen zu müssen. War das Leben in den vergangenen Jahrhunderten weniger von Streß erfüllt gewesen? *Man kann nicht in einem anderen Jahrhundert leben,* hatte Regina gesagt. Aber das jüngste Ausschußmitglied in der Bank, Godwin, hatte angefangen, Yoga zu lernen, und ihm eines Tages beim Mittagessen erklärt, daß man mit den Übungen nicht nur seinen Körper, sondern auch seinen Geist kontrollieren könne. Godwin hatte ihn gedrängt, es doch auch einmal zu versuchen, aber Roger wußte genau, daß er es einfach nicht fertigbringen würde, dazusitzen und nichts zu tun, selbst wenn ihn niemand dabei beobachtete.

Roger war so in Gedanken versunken, daß er das Stopschild zu spät entdeckte. Jeb hatte es offenbar überhaupt nicht gesehen, denn er fuhr einfach daran vorbei, während Regina erschrocken rief: »Halt! Halt!«

Mit kreischenden Bremsen kam der Wagen mitten auf der Kreuzung zum Stehen.

»Ich hab's nicht gesehen«, sagte Jeb, kreidebleich im Gesicht.

Die drei Kinder auf dem nach rückwärts gerichteten Sitz waren entsetzt herumgefahren.

»Gut, daß niemand von der Seite kam«, sagte Greco.

»Verdammt gut, daß kein Polizist da war«, sagte Roger. »Sonst hättest du jetzt deinen ersten Strafzettel. Hast du nicht aufgepaßt?«

»Tut mir leid«, entschuldigte sich Jeb.

In diesem Augenblick sahen sie alle gleichzeitig den roten Camaro, der auf die Kreuzung zugejagt kam. Jeb rammte den Rückwärtsgang hinein.

»Nein!« rief Roger, der sich umgedreht hatte. Direkt hinter ihnen hatte ein anderer Wagen am Stopschild gehalten.

Zum Glück sah sie der Camaro-Fahrer noch rechtzeitig und bremste.

»Idiot! Was soll das?« schrie er herüber.

»Fahr weiter«, mahnte Roger mit mühsam beherrschter Stimme. Als sie zwei Straßen weiter in Sicherheit waren, sagte er: »Wenn du rückwärts in den Wagen hinter uns reingefahren wärst, hätte die Kühlergrillreparatur mindestens ein paar hundert Dollar gekostet.«

»Immer noch besser, als mit dem Camaro zusammenzustoßen«, meinte Regina.

»Jeb«, fragte Roger, »soll ich jetzt fahren?«

Regina fürchtete, daß Jeb sich vor den anderen Kindern blamiert fühlen könnte. Sie spürte den Schweiß in ihren Achselhöhlen. Dabei hatte der Abend gerade erst begonnen.

»Schon gut, Dad«, antwortete Jeb. »Ich fahre vorsichtig.«

Während der restlichen Fahrt sprach niemand mehr. Alle neun Personen im Wagen hielten aufmerksam Ausschau, um Jeb rechtzeitig vor eventuellen Gefahren zu warnen.

Genau wie beim Fliegen, dachte Roger. *Wenn man ankommt, fühlt man sich wie bei einer Begnadigung.*

Der Wegweiser zum Echo Lake Park führte sie auf eine ungepflasterte Straße, die holprig wie ein Waschbrett war und den schwer beladenen Wagen ordentlich durchschüttelte. Gleich darauf umgab sie auf beiden Seiten dichter Wald, und dann erreichten sie eine Lichtung, auf der zwei Dutzend Wagen parken konnten, die aber an diesem Abend völlig leer stand. Es war, als komme man zu einer Party und müsse feststellen, daß man sich im Datum geirrt hatte.

»Die anderen Leute sitzen heute abend wahrscheinlich alle vorm Fernseher.«

»Ich bin froh, daß wir hier sind«, erklärte Regina. Und als sie sah, daß die Kinder bereits davonliefen, rief sie: »He, ihr! Vergeßt das Essen nicht! Helft mir die Körbe aus dem Wagen holen.«

Als sie zurückkamen, entdeckte sie, daß die hintere Sitzbank mit Kartoffelchipkrümeln übersät war.

»Nancy, Bernice – konntet ihr denn nicht warten?«

»Das war Dorry«, antwortete Bernice. »Er hat gesagt, wir sollen die Tüte aufmachen.«

»Sie lügt!« sagte Dorry.

»Jetzt reicht's«, erklärte Regina. Sie erinnerte sich, im »Times Magazine«

gelesen zu haben, daß Kinder von Natur aus unordentlich sind und daß man sich höchstens um jene Kinder Sorgen machen muß, die zu ordentlich sind. *Die Psychiater müssen immer alles verdrehen.*

Von den Kindern lustlos unterstützt, packte Regina die Körbe aus und arrangierte Pappteller und Bestecke auf dem Picknicktisch. Roger bummelte einen Pfad entlang, dessen Boden aus dicken Fichtennadelschichten federnd und weich war. Zwischen den Nadelbäumen entdeckte er einen einzigen Laubbaum. Die Form der Blätter faszinierte ihn. Er griff nach einem Zweig in Schulterhöhe und zog ihn heran, um ein Blatt näher zu untersuchen. Die Blattadern verliefen seltsam unregelmäßig, wie die Adern auf seinem Handrücken.

»Roger?«

Er hatte Regina nicht kommen hören.

Sie nahm seine Linke. Seine Rechte ließ den Zweig los, daß er zurückschnellte. »Komm«, forderte sie ihn auf. »Wenn die Alufolie offen ist, bleiben die geschmorten Auberginen nicht lange heiß.«

Und so lief er mit ihr über den federnden Boden und machte erst wieder am Picknicktisch halt.

Der Teller mit den Auberginenscheiben war leer.

»Was ist passiert?« fragte Regina. »Habt ihr ihn fallen lassen?«

»Jeder hat nur eine gegessen«, antwortete Jeb.

»Es sind genügend Würstchen da und Kartoffelsalat und Krautsalat und der Rest von den Chips und Gurken und zwei Apfelkuchen«, zählte Regina auf. »Warum mußtet ihr ausgerechnet das essen, was ich extra für euren Vater gemacht hatte?«

»Schon gut«, versuchte Roger sie zu beruhigen. »Ist doch nicht weiter schlimm.«

Nancy kam und hielt ihm auf beiden Handflächen etwas in Alufolie Gewickeltes hin. Roger packte die Gabe aus: eine Auberginenscheibe.

»Hab' ich für dich aufgehoben«, erklärte Nancy.

Roger bückte sich und gab ihr einen Kuß. »Danke.« Dann richtete er sich wieder auf und sah die anderen Kinder an.

»Ich wußte nicht, daß das was Besonderes war«, sagte Greco zu Regina.

Jeb wußte es, dachte sie. *Und Dorry auch.*

»Der Gedanke, daß du es extra für mich gemacht hast, genügt«, meinte Roger.

Während er sprach, bemerkte er neben Grecos hochbeladenem Teller eine leicht gewölbte Taschenflasche. »Nanu, die sieht ja genauso aus wie meine!« sagte er und blickte absichtlich niemanden an.

»Die gibt's, glaube ich, überall«, antwortete Greco. »Ich habe sie bei Walgreen gekauft.«

»Ich wollte damit keineswegs andeuten, daß es meine Flasche ist, sondern nur, daß sie genauso aussieht.«

»Und ich, Mr. Maxwell, wollte damit nicht ausdrücken, daß Ihre Bemerkung eine Anschuldigung impliziert.«

Bei Walgreen bekommt man solche Flaschen nicht, dachte Roger, *die bekommt man bei Abercrombie.* Und bei Abercrombie kaufte Greco bestimmt nicht. Außerdem, woher hatte er Ausdrücke wie »implizieren«?

»Darf ich fragen, was diese Flasche enthält?«

»Mr. Maxwell, von mir aus dürfen Sie fragen, was Sie wollen.. Wir leben in einem freien Land.«

»Ich glaube kaum, daß du für den Notfall Wasser dabei hast.«

Regina legte ihm die Hand auf den Arm. Die Diskussion war weit genug gegangen.

»Wie wär's mit Sodawasser?« fragte Greco.

»Das würde Metallgeschmack annehmen.«

»Und Wassermelonensaft?«

Donalds Gekicher veranlaßte Roger, die Flasche zu nehmen. *Die Kinder wußten, was sie enthielt.*

»Was dagegen?« fragte Roger, schraubte den Deckel auf und roch den Whisky. »Ich glaube, ich werde das hier bis später behalten.«

Greco funkelte ihn an, als hätte er ihm seine Bürgerrechte streitig gemacht.

Nach dem Essen erkundeten die Kinder die Umgebung, während Regina ihnen die Mahnung mit auf den Weg gab, vor Einbruch der Dunkelheit wieder am Wagen zu sein. »Aber bestimmt!« rief sie hinter ihnen her. »Und, Nancy, du bleibst mit Bernice bei Dorry und seinen Freunden. Trennt euch nicht!«

»Ich weiß nicht, vielleicht wäre ich heute doch besser ins Büro gegangen«, sagte Roger.

Regina griff über den verlassenen Picknicktisch hinweg nach Rogers Hand. »Es war schön – heute nachmittag«, sagte sie.

Er schwieg.

»Findest du nicht?«

»Doch«, sagte er.

»Denk nicht mehr an diese Flasche. Er ist älter als die anderen.«

»Ich glaube, betrunkene Kinder könnte ich heute abend nicht mehr verkraften.«

»Aber die Flasche ist doch so winzig! Wenn überhaupt, hätten die anderen höchstens ein kleines Schlückchen bekommen. Und wenn sie nicht in deiner Gegenwart trinken, dann tun sie's hinter deinem Rücken. Komm, wir gehen ein bißchen spazieren. Ich mag den See so gern.«

Sie wanderten am Ufer entlang. Regina zog ihre Sandalen aus und planschte mit den Füßen im Wasser, dessen angenehme Kühle sie genoß, während Roger sich auf der Böschung ausstreckte.

»He, großer Denker!« rief sie ihm zu. »Warum ziehst du nicht auch Schuhe und Strümpfe aus! Kremple einfach deine Hosenbeine ein Stückchen hoch. Hier sind keine Kunden, die dir zusehen!«

Er hörte sie nicht. Rogers Gedanken waren zu seinem ersten Semester an der Columbia-Universität zurückgewandert. Bei seiner Immatrikulation hatte er gesagt, er wolle Jura oder Theologie studieren, weil der größte Teil seiner männlichen Vorfahren das ebenfalls getan hatte, aber dann ließ er sich von einem berühmten Lehrer, Henry Campbell, beraten. Falls er sich für Gerechtigkeit interessiere, hatte Professor Campbell gemeint, wäre der Anwaltsberuf bestimmt nichts für ihn. Und wenn er sich auf Theologie festlege, würde er nicht nur zum Heuchler, sondern auch ärmer, als er es sicher gern wäre. Campbell wies ihn auch darauf hin, daß es im Bankfach einen beträchtlichen Mangel an wirklich gebildeten Männern gäbe und daß es ein junger Mann mit seiner Intelligenz und seiner Sensibilität, dazu mit einer Ausbildung in Geistes- und Sozialwissenschaften, in diesem Beruf sehr weit bringen könne. Erst Jahre später wurde ihm klar, daß es im Grunde Campbell selbst gewesen war, der gern ins Bankfach gegangen wäre und in einem bevorzugten Studenten sozusagen einen Stellvertreter gesucht hatte.

In jenen Anfangsjahren bei der Bank hatte Roger gelernt, eine Vermögensaufstellung zu durchleuchten und sofort die wesentlichen Probleme herauszufinden – zum Erstaunen sowohl des Kunden als auch seines älteren Kollegen, der ihn bei der Arbeit überwachte. Er lernte die Worte, mit denen man die nüchterne Geschäftsatmosphäre auflockerte. *Sie brauchen Geld*, pflegte er zu sagen; *sehen wir uns doch mal an, für welchen Zweck.* Die unsicheren Kantonisten lernte er äußerst schnell erkennen: den Geschäftsmann, der immer über Zukunftspläne redete, ohne sie in eine vernünftige Relation zu Vergangenheit und Gegenwart zu bringen; den neuen Bewerber um einen Kredit, der diskret seine gegenwärtige Bank schlechtmachte; den Präsidenten einer Firma, der niemals anrief, wenn er gute, sondern immer nur, wenn er schlechte Nachrichten hatte. Das Geldverleihen wurde ein Sport, in dem sich Roger wirklich hervortat. Mit zweiunddreißig kannte er kaum einen Opponenten, der ihn in Verlegenheit hätte bringen können.

Aber er hatte es inzwischen satt, in den Geschäften anderer Leute herumzuschnüffeln. Sollte er sich als Finanzberater selbständig machen? Immer noch Schnüffelei. Selber eine Firma gründen? Was denn herstellen, an wen verkaufen? *Du sitzt hier fest, für den Rest deines Lebens, du hast tausend Verpflichtungen, du brauchst das Geld, du hast nichts anderes gelernt.*

Weil er so gut arbeitete, war seine Bank ihm gegenüber großzügig. Auf Reginas Vorschlag hin erkundete er die Möglichkeiten von Darlehen für Kleinstbetriebe, lange bevor es Mode oder Notwendigkeit wurde. Anschließend berichtete er – hauptsächlich Regina, seine Kollegen waren nicht sehr interessiert –, das Problem ließe sich nicht damit lösen, Geld zur Verfügung zu stellen. Die Leute, die er kennengelernt habe, seien überhaupt keine Geschäftsleute (diejenigen, die es waren, hatten es längst ohne Hilfe geschafft), die Mißerfolgsquote würde zu hoch sein, und Wohltätigkeit sei kein adäquates Feld für seine Neugier. Er versöhnte sich mit der Tatsache, kein Heiliger zu sein.

Es war Regina, Gott segne sie dafür, die jene sechswöchige Europareise vorgeschlagen hatte: zwei Tage in London, dann mit dem Auto bis hinauf nach Edinburgh und Inverness, anschließend Flug nach Amsterdam, Paris, Nizza, wieder mit dem Wagen südwärts nach Venedig, Florenz, ein atemloses Abenteuer, das sie beide herrlich fanden, doch auf dem Heimflug von Rom aus dachte er schon wieder an die Bank, und als sie in Idlewild landeten, war dieser außergewöhnliche Urlaub in der Vergangenheit versunken, ohne daß sich etwas geändert hatte.

Seine Kollegen bei der Bank hielten ihn für einen Intellektuellen, weil er Bücher las, die nicht nur vom Bankgeschäft handelten. Sie bewunderten seine Kunstkenntnisse und ließen sich bei ihren Käufen von ihm beraten, was ihm schmeichelte und ihnen Geld einbrachte, denn gute Kunst stieg im Wert schneller als Wertpapiere. In jenen Augenblicken, die es an jedem Arbeitstag gab, wenn es aussah, als träume oder faulenze dieser oder jener, nahm man bei Roger immer nur an, er denke nach – ein Kompliment für seine verschiedenen gelehrten und künstlerischen Interessen. Denn diejenigen seiner Kollegen beschränkten sich auf ihren Beruf sowie, je nach Einkommenshöhe, höchstens noch auf Golf oder Segeln.

Warum aber war er, nach all diesen Jahren, immer noch so rastlos, warum träumte er immer noch von anderen Berufen? Jetzt, in der Mitte seines Arbeitslebens, beherrschte er den Bankberuf praktisch perfekt. Alles, was ihm nun noch zu lernen blieb, war die höhere Diplomatie der leitenden Angestellten, der Brudermord der erfolgreichen Direktoren, ein Sport, für den Roger Maxwell sich nicht interessierte. Beim täglichen Wirbel zwischen Sitzungen und Dokumenten sah er sich als einen Mann, der schon im Ruhestand war, während er noch arbeitete, der lebendig in Langeweile begraben war. Simeon King hatte Eisenbahnlinien quer durch das Land gelegt und Großwild gejagt. War die Gelegenheit zum Abenteuer von seinem Zeitalter abhängig? Was würde der alte Simeon heutzutage machen, da seine Eisenbahnnetze schrumpften, da die einst unberührten Landschaften Menschenmassen trugen wie Pockennarben und vor Überbeanspruchung ausgelaugt waren? *Simeon hat getan, was er wollte, ohne Rücksicht darauf, was die Leute sagten.* Roger Maxwell war der Verwalter von Simeons Haus, er war der Zoowärter seiner Tiere. Regina, die jetzt nicht mehr im Wasser planschte, sah den Ausdruck auf Rogers Gesicht.

»He«, sagte sie, »du bist ja meilenweit weg! Machst du Inventur?« Lächelnd sah er zu ihr auf.

»Laß es mich auch wissen.« Sie streckte sich neben ihm aus und legte ihren Kopf an seine Schulter. »Komm, red's dir nur von der Seele.«

»Es gibt nichts zu reden.«

»Geht es um diesen Cargill?«

»Vielleicht.«

»Was heißt vielleicht?«

»Tja, weißt du«, antwortete er, »ich sitze einfach in der Falle, bei der Bank. Es macht mir eben keinen Spaß mehr.«

»Aber du hast deine Arbeit immer geliebt.«

»Als junger Mann ist es aufregend, auf eine Bitte um Geld hin, ja oder nein zu sagen. Ich bin aber kein junger Mann mehr. Mein Leben langweilt mich.«

»Du meinst deine Arbeit!«

»Ja.«

War es vielleicht Zeit für eine zweite Europareise? Sie wußte, eine Reise würde eine willkommene Ablenkung von der Bank und von den Kindern sein. Würde möglicherweise auch Bermuda oder die Karibik seinen Kummer heilen? Wäre etwa ein Seitensprung bereits genug? Sie war froh, neben ihm liegen zu können und seinen Kopf an ihre Brust zu betten. Bald war er eingeschlafen.

Er beschäftigte sich gern mit Pflanzen. Wenn sie nun eine kleine Gärtnerei mit einem Treibhaus aufmachte – würde es Roger dann möglicherweise Freude machen, ihr bei den geschäftlichen Dingen zu helfen? Aber das Geschäftliche war es ja gerade, wovon er Abstand gewinnen sollte. Es *mußte* eine Lösung geben.

Als er mit einem Ruck erwachte, merkte Regina, daß auch sie eingeschlafen war. Die untergehende Sonne spiegelte sich tiefrot im See.

»Es ist fast dunkel«, sagte sie. »Wieviel Uhr ist es?«

»Acht«, antwortete Roger, der sich benommen aufrappelte. Sie durchstöberten die Umgebung des Picknicktisches, anschließend warteten sie beim Auto. Niemand.

»Gut, daß ich eine Taschenlampe im Wagen habe«, meinte er.

Mit der Stablampe bewaffnet, machten sie sich auf die Suche.

Mehrmals glaubten sie Kinderstimmen zu hören und riefen: »Hallooo!«

Vergebens.

»Glaubst du, sie haben uns gehört?« fragte Regina.

Er versuchte, die Dunkelheit zu ihren Füßen mit dem schwachen Strahl der Taschenlampe zu durchdringen und sah, daß sich der Waldpfad gabelte.

»Laß uns dem linken folgen«, schlug sie vor.

»Warum? Hörst du sie?«

»Nein. Nur Intuition.«

Die linke Abzweigung führte in leichter Neigung abwärts. Der Wald lichtete sich. Sie standen am See, der jetzt im Mondlicht schimmerte.

»Halloooo!« rief Roger.

»Paß auf, die schleichen hinter uns her und lachen sich ins Fäustchen«, sagte sie.

»Dies ist kein Scherz mehr.«

Sie kehrten um, stiegen vom Wasser aus wieder bergauf, kamen an die Gabelung und wandten sich diesmal nach rechts.

»Warte!« sagte Regina und hielt ihn auf.

Beide hörten ein Mädchen weinen.

»Das klingt nicht nach Nancy«, stellte sie fest. »Es könnte Bernice sein.«

Sie setzten sich in Trab.

»Paß auf die unteren Zweige auf«, warnte Roger. »Die fahren einem leicht mit der Spitze ins Auge.«

Die Fichtennadeln, die sich zuvor unter ihren Schritten so angenehm angefühlt hatten, kamen ihnen jetzt bedrohlich glatt vor, als sie sich dem Geräusch näherten.

Unvermittelt brach es ab, als hätte man den Tonabnehmer von einer Schallplatte gehoben. Im selben Moment entdeckten sie zu ihrer Rechten eine kleine, merkwürdig beleuchtete Lichtung.

Das Licht kam von drei auf umgestülpte Konservendosen geklebten Kerzen. Woher sie die nur hatten? Wer hatte für diese Szene hier vorgesorgt?

Alle acht waren versammelt. Jeb hatte Bernice die Hand auf den Mund gelegt. Deswegen hatte ihr Weinen so plötzlich aufgehört. Roger ließ den Strahl seiner Lampe wandern. Die Kinder standen im Halbkreis um einen Baum. An einem der niederen Äste baumelte etwas.

»O Gott!« stöhnte Regina.

Es war ein zappelndes Eichhörnchen mit einer Schnur um den Hals.

»Abschneiden!« befahl Roger.

Jeb nahm die Hand von Bernices Mund. Jetzt, da Roger und Regina gekommen waren, wimmerte das Kind nur noch.

»Es lebt noch«, stellte Regina fest.

»Nehmt es herunter!« wiederholte Roger.

Jeb wollte den Knoten am Baum lösen. Das Eichhörnchen zuckte noch.

»Mach schnell!«

Greco ließ ein Springmesser aufschnappen und hatte mit einer knappen Bewegung die Schnur durchgeschnitten. Das Eichhörnchen lag, die Schlinge immer noch um den Hals, zitternd am Boden.

Roger kniete sich daneben, richtete den Strahl seiner Taschenlampe auf das Tierchen und versuchte, den Knoten zu lösen.

»Sehen Sie zu, daß es Sie nicht beißt«, riet Greco. »Davon kann man Tollwut kriegen.«

Dieses Tier beißt niemanden mehr; es ist praktisch tot, dachte Roger, als er es endlich aus der Schlinge hatte.

»Daddy, warum läuft es nicht weg?« fragte Nancy.

Aller Augen waren fest auf das bedauernswerte Eichhörnchen gerichtet.

»Ich glaube, wir sollten es von seinen Qualen erlösen«, schlug Roger mit ruhiger Stimme vor.

Greco änderte den Griff, mit dem er sein Springmesser hielt. Als er sich ebenfalls hinkniete, um das Eichhörnchen zu erstechen, sagte Regina: »Nein, bitte nicht!«

Die Klinge machte in der Luft halt. Jeb tat zwei Schritte vorwärts und zertrat den Kopf des Tierchens. Regina hörte die Knochen brechen. Der Kopf war eine formlose Masse.

Fest den knienden Jungen mit dem Messer fixierend, fragte Roger: »Wessen Idee war das?«

Greco deutete mit dem Messer auf Jeb.

»Ach Jeb«, sagte Regina, »was ist bloß in euch alle gefahren? Warum... Weshalb...« Hilflos hing der unbeendete Satz in der Luft.

Jeb sagte: »Wir wollten ihm das Fell vom Schwanz abziehen, um zu sehen, ob der Schwanz unter dem Fell genauso aussieht wie ein Rattenschwanz.«

»Und warum vor den kleinen Mädchen?« Reginas Ton war fast flehend.
»Weil sie zusehen wollten«, antwortete Jeb. »Aber dann hat Bernice Schiß gekriegt.«
»Aber warum habt ihr es *aufgehängt?*« Es war ein Schrei aus tiefstem Herzen.
Dorry beantwortete ihre Frage. »Einfach aus Spaß.«
Roger musterte die Gesichter im Kreis. *Vielleicht eigne ich mich nicht zum Vater*, dachte er.

5

Regina und Roger lagen lang ausgestreckt im Bett, vor Erschöpfung kaum fähig, sich zu rühren. Nur das schwache Licht des Weckers glühte in der Dunkelheit.
Schließlich sagte sie: »Laß uns nicht mehr darüber sprechen. Wir wollen lieber versuchen zu schlafen.«
Roger griff auf seinen Nachttisch, wo die kleine Plastikschachtel mit dem Ohropax stand, das ihn vor dem Rauschen der Blätter im Wind draußen, vor dem Ticken der Uhr, vor Reginas Atmen, vor allem bewahrte – außer den Geräuschen in seinem eigenen Kopf. Diese Gewohnheit, Ohropax zu nehmen, war wie das Schließen einer Zellentür, die ihn von der Außenwelt isolierte.
Als er gerade das erste Ohropax ins rechte Ohr schob, ließ ihn das Knirschen von Autorädern auf dem Kiesbelag der Einfahrt hochfahren. »Was war das?«
Regina war schon aus dem Bett gesprungen und sah nach. »Grecos Wagen. Er fährt weg.«
»Gut, daß wir ihn los sind.«
»Ich wünschte, du wärst ein bißchen netter zu dem Jungen.«
»Mit neunzehn ist man kein Junge mehr.«
Eine Grille schien die Bemerkung zu unterstreichen.
»Außerdem«, fuhr er fort, »sehe ich nicht ein, warum ich den Kopf für deine Südstaatenkindheit hinhalten soll. Ich behandle ihn genauso wie jeden anderen Menschen in seinem Alter, der sich so beträgt wie er.«
»Aber das ist möglicherweise nicht genug. Sie haben so ungeheuer viel nachzuholen, hörst du?« Sie drehte sich um und sah, daß er schon Ohropax in den Ohren hatte. Er konnte sie nicht mehr hören.
Roger spürte nach diesem ersten Tag des Wochenendes, wie seine Knochen vor Müdigkeit schmerzten. War Erholung wirklich nur möglich,

wenn er floh, irgendwohin ging, ohne die Kinder? Was immer man tat, wie sehr man sich auch bemühte, alles stellte sich schließlich als Hinhaltekrieg heraus, als der Versuch, Frieden zu wahren, bis man keine Kraft mehr hatte. War es falsch, daß er sich Sorgen machte, weil Jeb sich diesen Greco als Freund ausgesucht hatte? In diesem Alter waren drei Jahre ein sehr spürbarer Unterschied. In seiner Jugend hatten Sechzehnjährige nicht mit Neunzehnjährigen verkehrt, es sei denn, sie schlossen sich bewußt Unruhestiftern an. Wollte Jeb damit sagen: *Für uns sind Dinge wie Alter und Hautfarbe nicht mehr so wichtig wie für dich und Mom?* Jeb mußte doch auch erkennen, was seine Mutter und sein Vater sahen. Seine Freunde waren Extreme: der junge Donald so passiv, daß er alles tat, was Jeb ihm auftrug, dieser Greco dagegen stets aggressiv. Warum kannte er keine anderen Jungen, die so waren wie er selbst, die goldene Mitte, wie zum Beispiel seine eigenen Freunde früher?

Als er in Jebs Alter gewesen war, hatte er enge Freunde gehabt. Allesamt Hackley-Schüler, allesamt Kinder von Eltern, die sich ein gutes Internat leisten konnten. Aber das hatte sich geändert, als er zur Columbia-Universität ging! Dort waren seine besten Freunde: Fred, ein lesewütiger Jude, der versessen darauf war, alles zu wissen; Larry, ein Grieche oder Armenier, der Architekt werden, aber nicht Häuser, sondern Städte bauen wollte, und Chet, der als einziger ein Wasp (White anglo-saxon protestant) gewesen war wie er selbst. Sie hatten immer zusammengesteckt, sogar die Mädchen von Barnard – wie hatte Chet sie noch genannt? Der Mittelmeerpöbel, der Amerikaner sein will. Mein Gott, dieser Tag, an dem sie mit den Mädchen nach New Yersey gefahren waren, neun Mann hoch in dieser Klapperkiste, der die rechte Vordertür fehlte! Gut, daß die Polizei sie nicht angehalten hatte! Das viele Bier, das dunkelhaarige Mädchen, das mit einem anderen gekommen war, aber bei ihm landete, und wie er dann erfahren hatte, daß ihr Name ein Spitzname sei und sie in Wirklichkeit Sonja heiße, und er bierselig gefragt hatte, was denn das für ein Name sei? Mit blitzenden Augen hatte sie ihm dann erklärt, ihre Eltern stammten aus Rußland. Sie hatte versichert, daß sie mit Akzent sprächen und ihn nicht über ihre Schwelle lassen würden, weil er ganz eindeutig ein Goi sei. Sie hatte behauptet, Wasps seien eine schuldbeladene Minderheit, die hoffte, ihre exotischen Freunde würden nicht merken, daß ihr Anteil an der Kunst geringer war, weil generationenlange Inzucht alle Arier der Gefühle und der Wißbegier beraubt habe. Sonja hatte gesagt, die Jukes seien Wasps, die Kalikaks seien Wasps, und Roger würde es ungeheuer guttun, mal einen Eskimo zu ficken. Er hatte erwidert, die Eskimos betrieben mehr Inzucht als die Wasps. Nicht alles war Scherz gewesen; das Mädchen, das Chet geheiratet hatte – wie hieß sie doch, Esther? –, hätte direkt aus dem Alten Testament kommen können. Er wußte noch, wie sein Vater gesagt hatte: »Was für merkwürdige Freunde du hast!«, als er einige von ihnen zum Wochenende nach Hause eingeladen hatte, und er hatte geantwortet: »Was für merkwürdige Freunde du hast, Dad – sie sind ja alle gleich!« Die Zeit damals war herrlich gewesen; es war, als öffnete man alle Fenster in einem riesigen, neuen Haus: Jedes bot eine andere, überraschende Aussicht.

Alle neuen Tendenzen faszinierten ihn, und selbst nachdem er beschlossen hatte, nicht in die Fußstapfen seiner Vorfahren zu treten und Jura oder Theologie zu studieren, war er der Ansicht, der Umgang mit so verschiedenen Freunden werde endgültig verhindern, daß er sich in einem dieser neuzeitlichen Klöster verlor, der Rockefeller Foundation oder der Ford Foundation, jenen Institutionen, in denen sich ein Mann seiner Herkunft für den Rest des Lebens als nutzloses Mitglied der Gesellschaft verkriechen konnte, um Geld an zuverlässige Künstler und an Wissenschaftler zu verteilen, die genau wußten, wo und wann sie nicht aus der Reihe tanzen durften. Wie war das Bankfach da anders! Im Gegensatz zu den erwähnten Stiftungen mußte hier ein Gewinn erzielt werden. Seine Kategorie des Bankgeschäftes war – wenn man Burschen wie Cargill bei der Stange halten konnte – sicherer als die Stiftungen. Man bekam sein Geld zurück. In guten oder schlechten Zeiten konnte man einen Preis verlangen, der Gewinn garantierte. Männer wie zum Beispiel er selbst konnten es fertigbringen, ihr ganzes Leben lang kein einziges verlorenes Darlehen zu gewähren. Wo lag das Risiko? Wäre einer von seinen abenteuerlustigen Freunden in der überfüllten Klapperkiste ins Bankfach gegangen? *Im Leben nicht!* Wohin waren sie gegangen?

Zeit, Ehefrauen, Beruf hatten sie in alle Winde zerstreut. Warum hatte er sich nicht etwas mehr Mühe gegeben, Kontakt zu halten? Wenigstens mit einem von ihnen?

Mit welchem?

Mit irgendeinem.

Wenn die Freunde deines Sohnes nicht so sind wie dein Sohn, so ist das ein Vorteil; deine Freunde sind heutzutage alle so wie du.

Wenn Regina morgen mit den Kindern bei einem Autoausflug mit einem Lastwagen zusammenstoßen würde, an wen würdest du dich dann wenden, freundloser Roger, an welchen Menschen? Deine Freunde waren dir ebenbürtig, nicht wahr? Hast du dich mit deiner Familie eingekapselt, weil hier der einzige Ort ist, an dem du unumschränkter Herrscher bist? Was heißt hier Herrscher? Harry ist fort, als nächster wird Jeb gehen.

Aber warum das Lynchen des Eichhörnchens? Veranlagung? Umgebung? Er war für beides verantwortlich. Harry hatte so etwas nicht getan... Oder hatte er es nur vergessen?

Harry und Reginas Katze fiel ihm ein. Harry hatte die Katze mit einem Bindfaden geneckt, als wäre sie noch ein Katzenjunges. Die Katze hatte nach dem baumelnden Bindfaden geschlagen und dabei Harry am Handgelenk so tief gekratzt, daß eine Ader aufgerissen wurde. Der Arzt hatte zu einer Tetanusspritze geraten, weil es sich um eine frei herumlaufende Katze handelte, die sich Gott weiß wo herumgetrieben haben konnte.

Als die Katze verschwand, war Regina untröstlich gewesen. Zwei Tage lang suchten sie alle benachbarten Straßen und Wälder ab. Am dritten Tag hatte Regina sich damit abgefunden, daß das Tier nicht wiederkam. Am vierten Tag war Roger einem Geräusch nachgegangen, das er gehört hatte, als er an der Falltür zum Dachboden vorbeikam. Er hatte die Dachbodenleiter heruntergezogen, war ein bißchen ängstlich hinaufgestiegen und hatte an der Kordel gezogen, mit der man die nackte Glühbirne an der Decke des Bodens einschaltete. Im selben Moment, als er den Schuhkarton sah, verschnürt mit dem Bindfaden, mit dem Harry die Katze geneckt hatte, im selben Moment, als er den Geruch wahrnahm, der von dem Schuhkarton ausging, wußte er, was drinnen war. Sie lebte anscheinend noch, jedenfalls nach den Lauten zu urteilen, die sie ausstieß. Vorsichtig trug er den Karton hinunter und hinter das Haus bis zum Gartenschlauch, denn er wußte ja, daß sich die Katze, allen Katzengewohnheiten zuwider, beschmutzt hatte. Er wollte sie abduschen, bevor Regina sie zu sehen bekam. Kaum hatte er aber die Schnur durchgeschnitten, da sprang die Katze aus dem Karton und jagte davon, in den Wald hinein, um diesmal wirklich nicht mehr wiederzukommen. Er hatte den Zwischenfall vor Regina, die ihren Sohn immer nur Sweet Harry nannte, verheimlicht. Roger wollte nicht, daß Regina, die Huckleberry Finn für einen schrecklichen Jungen hielt, in Harry etwa ein Ungeheuer sah.

Hiobs erste Prüfung war ein Haus voller Kinder gewesen!

Aber ihr Haus würde nicht mehr lange Kinder beherbergen. Ein paar Jahre noch, und Dorry würde aufs College gehen, in – ja, wie vielen? – nun, weniger als zehn Jahren auch Nancy, und dann waren er und Regina allein, wieder am kinderlosen Beginn ihrer Ehe angelangt. Lohnte es sich da, als Eltern stets so hektisch besorgt um seine Kinder zu sein, wenn man zum Schluß doch wieder allein gelassen wurde? Hatte das Sinn?

Sinn hatte es gehabt, sich am Nachmittag zu lieben. Wenn die Kinder fort waren, konnten er und Regina machen, was sie wollten und wann sie es wollten. Er blickte zu ihr hinüber.

Sie war wach. Auf einen Ellbogen gestützt, lauschte sie auf – was? Roger nahm ein Ohropax heraus.

»Ich höre nichts«, sagte er.

»Grecos Wagen ist zurückgekommen.«

»Scheiße!« Kaum hatte er es gesagt, bereute er es auch schon wieder. Er fand es scheußlich, solche Ausdrücke zu gebrauchen, es war undiszipliniert.

»Du hast ihm die Taschenflasche nicht zurückgegeben. Wahrscheinlich hat er Alkohol geholt.«

»Um diese Zeit? Wenn er so dringend Alkohol braucht, hätte er ja was von unserem unten stehlen können.«

»Er ist ein Gast unseres Sohnes. Wenn sich in unserem Haus Gäste selber bedienen, mit Alkohol oder mit Essen, so ist das kein Stehlen.« Sie hatte sich die Decke bis ans Kinn gezogen.

»Verzeih. Ich bin müde. Wir wollen nicht streiten.«

»Tu dein Ohropax wieder rein, und leg dich schlafen.«

Er wachte auf, als Reginas Hand ihn an der Schulter rüttelte. Roger warf einen Blick auf den Wecker: ein Uhr morgens. Er hatte kaum ein paar Minuten geschlafen.

Sie machte ein Zeichen, er solle das Ohropax herausnehmen.

»Hör mal!«

Er hörte Wasser platschen. Sekundenlang dachte er, eine Leitung sei geplatzt. Dann lenkten die Rufe mehrerer Stimmen seine Aufmerksamkeit auf den Garten.

Roger wälzte sich aus dem Bett, schob die erstarrten Füße in seine Hausschuhe und trat auf den Balkon hinaus. Im hellen Mondlicht konnte er sehen, daß am etwa dreißig Meter entfernten Swimming-pool die Wellen über die Kanten schwappten. Was ging da vor – um diese Nachtzeit? Im selben Moment kam eine splitternackte Gestalt in sein Blickfeld gelaufen. Es mußte eines der größeren Kinder sein. Deutlich sah er das dunkle Schamhaar, seltsamerweise jedoch pendelte kein Penis unterhalb des dunklen Dreiecks.

»Sie baden ohne«, erklärte er und zog den Bademantel über.

»Na ja«, meinte Regina. »Ich habe gesagt, daß ihre Freunde das Wochenende hier verbringen dürfen, und das gehört eben auch dazu.«

Verdammt noch mal, es ist auch mein Wochenende, dachte Roger.

Regina sah, wie zornig er war. *Es sind doch Kinder,* dachte sie.

»Ich komme mit«, sagte sie energisch.

Sie gingen beide vorsichtig, damit sie nicht stolperten.

»Der Lärm unten am Pool ist so laut, daß ihn bestimmt auch Akin hört«, meinte Roger. »Und dieser Bastard holt sicher die Polizei.«

»Ach wo, das kann ich mir nicht vorstellen.«

»Er haßt Kinder.«

»Die Akins haben keine Erfahrung mit Kindern, das ist alles.«

»Glückspilz.«

»Roger!«

Sie waren jetzt so nahe am Pool, daß sie genau hören konnten, wie eine Stimme deutlich rief: »Aufhören! Hört doch auf!«

Roger ertastete die Laterne oben an den Stufen, die zum Bereich des Swimming-pools hinabführten. Er drehte den Schalter: Helles Licht überflutete den Pool.

»Macht das verdammte Licht aus!« schrie eine Jungenstimme.

»Mann, das ist dein Vater!«

Die Stimme, die vorher »Aufhören« gerufen hatte, schrie jetzt: »Laßt mich endlich los!«

Roger hielt die Hand über die Augen, um besser sehen zu können, und entdeckte am anderen Ende des Pools Greco, dessen schwarzer Schwanz schlaff herabhing. Er hielt eine Stange quer über den Pool. Jeb, ebenfalls nackt, hielt das andere Ende. In der Mitte war ein Küchenstuhl an der Stange befestigt, und an diesen Stuhl war mit gefesselten Händen und Füßen Donald gebunden, der verzweifelt rief, sie sollten ihn loslassen.

»Hallo, Dad!« Jebs Aussprache war verschwommen. »Mach das Licht aus. Mom, sag ihm, daß er das Licht ausmachen soll.«

»Was, zum Teufel, macht ihr da eigentlich?« schimpfte Roger.

»Wir spielen Stuhldippen. Donald hat verloren.«

»Was verloren?«

»Das Spiel. Deswegen wird er dreimal gedippt.«

»Warum seid ihr alle nackt?« fragte Regina.

»Weil wir so geboren sind!« schrie Greco.

»Holt sofort den Jungen vom Stuhl herunter!« befahl Roger.

Greco und Jeb gingen mit der Stange – sie mußte recht schwer sein mit ihrer Last – ans Ende des Pools und setzten Donald ab.

Erst jetzt entdeckte Roger an der Ecke des Pools die nackte Gestalt, die er vom Balkon aus gesehen hatte. Es war kein Junge. Es war Matilda.

»Was macht die hier?« fragte er Regina flüsternd. »Wie ist sie hierhergekommen?«

Aber Regina antwortete nicht, obwohl sie ihn deutlich verstanden hatte. Sie lief zu der Gartenbar am anderen Ende des Swimming-pools hinüber. Auf den Barhockern sah Roger jetzt Dorry, Kenny und Mike sitzen. Sie wenigstens hatten ihre Pyjamas an, die allerdings patschnaß waren. Hatten sie sie beim Schwimmen angehabt oder hatten sie sie angezogen, ohne sich vorher abzutrocknen?

Regina wandte sich an Dorry. »Du hast getrunken!«

Dorry öffnete den Mund, brachte aber kein Wort heraus. Kenny rutschte von seinem Hocker, kam auf Regina zu, fiel auf die Knie. »Wer hat getrunken?« fragte er.

»Regina! Komm her!« Das war Roger. Sie hastete hinüber, während sie sich noch einmal kurz nach Dorry und Mike umsah, die Kenny wieder auf die Füße stellten.

Roger war drüben, wo die riesigen, alten Rhododendronbüsche die Südseite des Rasens um den Pool begrenzten. Nancy und Bernice, beide nackt, hielten sich mit jammervollen Mienen umschlungen.

»Warum habt ihr euch ausgezogen?« fragte Regina.

Nancy sah aus, als sei ihr schlecht. »Die haben's gesagt.«

»Was haben sie gesagt?«

»Daß wir müssen, genau wie Matilda, sonst könnten wir nicht mit den Großen aufbleiben.«

»Ihr beiden geht jetzt sofort ins Haus. Habt ihr ein Handtuch?«

»Wir waren nicht im Wasser.«

»Also los – lauft schon!«

Jeb und Greco hatten Donald losgebunden.

»Bringt den Stuhl in die Küche zurück«, befahl Roger.

Ihren Blicken ausweichend, wickelte sich Matilda in eines ihrer Yves-Saint-Laurent-Badetücher.

In diesem Augenblick fand Roger, offen neben dem Swimming-pool stehend, wo jedes Glas aus Sicherheitsgründen streng verboten war, drei leere Flaschen seines besten Champagners. Er spürte, wie seine Hände zitterten.

»Warum trinkt ihr nicht euer eigenes Zeug?« sagte er zu Jeb. »Dieser Jahrgang ist sehr teuer und unersetzlich. Zieht euch an, hört ihr? Alle! Sofort!« Da Matilda nicht mehr nackt war, ging er jetzt zu ihr hinüber. »Wie kommst du hierher? Wo sind deine Kleider?«

»Oben«, antwortete Matilda.

»Wie bist du hierhergekommen?«

Das junge Mädchen deutete auf Greco.

»Dann bringst du sie auch sofort wieder nach Hause«, wandte sich Roger an Greco.

»Ich kann nicht nach Hause«, sagte Matilda, die in ihrem Frotteetuch zitterte. »Meine Eltern sind übers Wochenende verreist.«

»Wo hat er dich dann abgeholt?«

»Bei sich zu Hause.«

»Du warst bei ihm?« Roger warf Regina einen Blick zu. »Dann solltest du vielleicht auch wieder dorthin gehen.«

Jeb kam ein wenig schwankend näher. »Die beiden sind meine Freunde. Ihr habt gesagt, daß ich meine Freunde einladen darf.«

»Laß sie zu Bett gehen«, schlug Regina vor. »Für heute ist die Party beendet.«

Müde machten sich die Kinder auf den Weg zum Haus, jedes in ein Handtuch gewickelt, das es mit heruntergebracht hatte. Nur Greco trug sein Handtuch über dem linken Arm und führte mit der Rechten Matilda am Ellbogen.

Roger flüsterte Regina zu: »Sieh ihn dir an – splitternackt! Und was sollen wir mit ihr machen?«

»Wir werden sie wohl in einem der Gästezimmer unterbringen müssen.«

»Und was soll ihn daran hindern, zu ihr ins Zimmer zu schleichen?«

»Was soll irgendwen an irgendwas hindern?« erwiderte Regina resigniert. Und jetzt sah sie, daß Nancy und Bernice kurz vor dem Haus haltgemacht hatten und sich über den Rasen beugten. Das Geräusch, das folgte, war unverkennbar: Beide Mädchen übergaben sich.

Regina brachte Nancy und Bernice in einem der Schlafzimmer im ersten Stock unter, wo sie die beiden leicht erreichen konnte, falls sie während der Nacht Hilfe brauchten. Dann kontrollierte sie die drei Zwölfjährigen. Mike und Dorry hockten auf Kennys Bett. Kenny sah sehr elend aus.

»Ihr beiden geht jetzt in eure Betten«, befahl sie. »Und laßt Kenny morgen früh nichts trinken – weder Wasser noch sonst etwas.«

Sie war nicht sicher, ob sie überhaupt zugehört hatten. Nachdem sie das Licht ausgeschaltet hatte, schloß sie die Tür und ging in ihr eigenes Schlafzimmer hinüber, wo Roger bereits im Bett lag und schweigend an die Decke starrte.

Regina setzte sich auf seine Bettseite und legte ihm die Hand auf die Stirn. »Morgen sieht alles anders aus.«

»Es ist schon seit ein paar Stunden morgen«, antwortete Roger müde.

6

Als Roger allein im Bett erwachte, war es schon nach neun Uhr; er hatte seit Jahren nicht mehr so lange geschlafen.

Durchs Fenster sah er, wie sich die Blätter der Bäume im Westwind bewegten. Ein nachgiebiger Vater war wie ein Baum – er handelte nicht, er wurde behandelt.

Ob Regina das Frühstück machte? Die Kinder schliefen am Wochenende gern bis mittags. Vielleicht machte sie nur für sie beide Frühstück. Das wäre schön.

Er hörte das Streifenhörnchen herumhuschen. Im vorletzten Haus hatte ihr Schlafzimmer direkt unter dem Dachboden gelegen, und wenn es regnete, war hin und wieder ein Streifen- oder Eichhörnchen hereingekommen. Wenn man nichts dagegen unternahm, wurde man mitten in der Nacht von den kleinen, dahinhuschenden Füßen geweckt. Zum Glück gab es ein Mittel gegen Eichhörnchen, das man wie Mottenkugeln auf dem Dachboden verteilen konnte, und dessen Geruch die Nager monatelang fernhielt. Das Streifenhörnchen aber, das er jetzt hörte, war irgendwie zwischen den ersten und den zweiten Stock gelangt. Und man wollte nicht unbedingt in die Schlafzimmerdecke oder den Fußboden des Bestiariums ein Loch brechen. Vielleicht sollte man den Kammerjäger kommen lassen.

Das Wort Kammerjäger erinnerte ihn wieder an das am Baum aufgehängte Eichhörnchen.

In diesem Augenblick jedoch stieß Regina mit dem Fuß die Schlafzimmertür auf und kam, ganz in Lavendel, mit einem Tablett herein, auf dem sie ein großes Glas Orangensaft, Kaffee, zwei überbackene Spiegeleier mit knusprigem Schinkenspeck und eine Leinenserviette angerichtet hatte. Das war seit Jahren nicht mehr vorgekommen.

»Hmm – sieht köstlich aus!« Mit einem Satz war er aus dem Bett.

»Leg dich wieder hin. Heute bekommst du dein Frühstück im Bett.«

»Laß mich nur die Zähne putzen«, erwiderte Roger.

In kaum einer Minute war er wieder im Bett, und Regina setzte ihm das Tablett auf den Schoß.

»Wo ist denn deins?« erkundigte er sich.

»Hole ich gleich. Ich hab' vergessen, den Hebel runterzudrücken, als ich das Brot in den Toaster gesteckt habe.«
Und schon war die Lavendelwoge wieder verschwunden.

»Weißt du noch, unser Wochenende in Atlantic City?« fragte sie, als sie wiederkam, das Tablett absetzte und ihr Negligé auszog, um zu ihm ins Bett zu kriechen. »Der Kellner, der uns das Frühstück ans Bett brachte, sagte damals, wir könnten unmöglich verheiratet sein, weil wir beide auf einer Seite des breiten Bettes lagen.«
»Das sagte er vermutlich zu allen Paaren. Erinnerst du...«
Sie merkte, daß seine Gedanken nicht mehr in Atlantic City waren. »Ja?«
»Gestern abend, zuerst das Eichhörnchen, dann der Swimming-pool. Erinnerst du dich noch, als wir aus Atlantic City nach Hause kamen, da hat die Kinderschwester gesagt, was für ein Engel Harry doch sei!«
»Mit sechs Monaten sind sie alle Engel!«
In der Ferne hörten beide die Haustürklingel.
»Die Zeitung?«
»Hab' ich schon reingeholt«, antwortete Regina.
»Warte, ich gehe.« Roger wischte sich den Mund. »Ich bin schon fertig.«
Er stellte das Tablett beiseite, schlüpfte in seinen Bademantel und fuhr sich mit der Hand durchs Haar.
Als er die Treppe hinunterstieg, fragte er sich, wer das wohl sein könne, am Samstag vormittag um halb zehn. Viel zu früh für den Lieferwagen der Reinigung.
»Wer ist da?« fragte er durch die geschlossene Tür.
»Tim Ryan.« Das war keine Männerstimme. Er kannte keinen Tim Ryan.
Roger öffnete die Tür. Zur geschotterten Einfahrt führten zwei Stufen hinunter. Unten stand ein Junge ungefähr in Jebs Alter, möglicherweise auch ein Jahr älter. Er war offensichtlich nervös und erinnerte Roger an die Antragsteller vor seinem Schreibtisch, damals, als er noch persönliche Kredite bearbeitete, Menschen, denen er sofort ansah, daß sie es zuvor schon bei mehreren anderen Banken versucht hatten, ohne zu ahnen, daß alle bei einer zentralen Kreditagentur nachfragten.
»Ist Greco da?« fragte der Junge. »Ich war schon bei ihm zu Hause. Da haben sie mir gesagt, daß er hier ist.«
»Wahrscheinlich schläft er noch. Die Kinder waren gestern abend alle lange auf.«
Jetzt bemerkte Roger das Fahrrad des Jungen. Es war ein langer Weg von Grecos Wohnung bis hierher mit dem Fahrrad.

»Ich werde nachsehen, ob er wach ist«, sagte Roger. Regina mußte im Bett allein frühstücken. Sein Kaffee würde kalt werden.

»Komm rein«, forderte er den Jungen auf, »warte hier.«

Roger stieg die beiden Treppen zum Bestiarium hinauf. Er drehte am Türknauf. Die Tür rührte sich nicht.

Er versuchte es abermals. Dann hörte er das Geräusch nackter Füße, und ein Gegenstand wurde von der Tür entfernt. Jeb öffnete, die Augen noch vom Schlaf verquollen.

»Warum hast du den Stuhl unter den Türknauf geschoben?« fragte Roger.

»Privatsphäre. Du hast nicht angeklopft.«

»Ich wollte nicht alle wecken.«

»Aber mich hast du geweckt.«

»Da ist jemand für Greco an der Haustür. Ein Tim Ryan.«

»Was will der denn?«

»Kennst du ihn?«

»Na klar. Von der Schule.«

»Er will Greco sprechen.«

»Greco ist nicht hier«, sagte Jeb.

Von der Tür aus ließ Roger seinen Blick rasch durch den Raum wandern.

»Ich habe gesagt, er ist nicht hier, Dad!«

»Wo ist er denn?«

»Ich gehe ihn holen.« Jeb stieg in den ersten Stock hinunter. Roger folgte ihm.

»Ich habe gesagt, ich hole ihn.«

Roger wartete, während Jeb, ohne anzuklopfen, die Tür zu dem Zimmer aufstieß, in dem sie Matilda untergebracht hatten. Es wurde geflüstert. Jeb kam heraus. »Er kommt gleich.« Roger sah Jeb nach, der wieder nach oben trottete.

Greco ließ sich reichlich Zeit. Als er erschien, trug er lediglich eine Unterhose, ansonsten nur seine schwarze Haut, gekrönt von einem krausen Haarschopf, der noch nicht gekämmt worden war. Instinktiv fuhr sich Roger mit der Hand über seine eigenen unfrisierten Haare.

»Er ist unten, an der Haustür«, erklärte Roger.

»Danke.«

Roger tat ein paar Schritte den Flur entlang auf seine Schlafzimmertür zu, machte dann aber kehrt und ging wieder an die Treppe zurück. Deutlich hörte er die Stimmen, die von Greco gedämpft, die von Ryan bittend.

»Wie kommst du dazu, mir hierher nachzulaufen?«

»Ich hab' gestern versucht, dich zu erreichen.«

»Ich kann weggehen, wann ich will. Was willst du? Ich deal' nicht mehr, jedenfalls nicht in kleinen Mengen. Das weißt du genau.«

Roger lauschte den bruchstückhaften Sätzen.

»Ich fahre mit zwei Mädchen zum Wochenendhaus meines Vaters in New Hampshire.«

»Ist eine für ihn?«

»Er ist auf Geschäftsreise.«

»Wozu braucht 'n Bengel wie du zwei Mädchen? Wieviel willst du?«

»Zweimal zehn?«

»Ist das 'ne Frage oder 'ne Bestellung?«

»Ich hab' ihnen gesagt, daß sie was kriegen; deswegen kommen sie mit. Der Kerl, von dem sie das Gras sonst immer gekriegt haben, ist nach Kanada gegangen.«

»Gegangen oder abgehauen?«

»Woher soll ich das wissen, Grec! Bitte, es ist wirklich wichtig. Die beiden sind 'n tolles Gespann, wirklich Klasse! Ich *muß* einfach das Gras haben.«

»Ich habe aber nur Super-Eins-A. Zweimal zehn kosten dich dreißig.«

»Geht nicht, Grec. Ich brauch' noch was für Sprit und Bier.«

»Dein Problem.«

»Bitte, Grec!«

»Wie wär's mit einmal zehn für fünfzehn?«

»Ich hab' ihnen gesagt, sie kriegten zwei. Wir haben abgemacht, was nicht verbraucht wird, können sie mitnehmen.«

»Ich möchte deine Triole nicht kaputtmachen, Kleiner. Wann könntest du mir den Rest zahlen?«

»Nächste Woche?«

»Nächste Woche zahlst du zehn plus fünf Zinsen.«

»Mensch, Grec, das sind ja fünfunddreißig für zweimal zehn!«

»Dann geh doch nach Hause!«

»Okay.«

»Gib mir die zwanzig, Mann. Ich habe keine Lust, umsonst hier in der Unterhose rumzustehen.«

Tim gab Greco zwei zusammengefaltete Scheine.

»Warte«, befahl Greco.

Rasch bog Roger um die Ecke des oberen Flurs, ging ins Schlafzimmer und lauschte zur Decke hinauf nach Grecos Schritten.

»Was ist denn los?« fragte Regina. »Wer war das?«

Roger legte einen Finger auf die Lippen. Er hatte die Schlafzimmertür offengelassen. »Bin gleich wieder da.«

Im Flur hörte er, wie Greco wieder von oben herunterkam. Vorsichtig schob er sich bis an die Treppe, wagte sich aber nicht so nahe heran wie vorher. Er hörte die Stimmen, nicht aber die Worte der Transaktion, die jetzt unten vorgenommen wurde.

Wieder ins Schlafzimmer zurückgekehrt, schloß er die Tür.

»Dieser Junge...« sagte er zu Regina.

»Welcher?«

»Greco. Er ist ein Dealer. Er hat das Zeug mit zu uns ins Haus gebracht.«

Er hob die Kaffeetasse an die Lippen. Der Kaffee war lauwarm.

Regina riß ihn aus seinen Gedanken. »Glaubst du, daß Jeb und Donald...« fragte sie ihn.

»Ist dir klar«, gab er zurück, »daß wir dem Gesetz nach verantwortlich sind, wenn es in diesem Haus Rauschgift gibt? Ich glaube, ich sollte die Polizei rufen.«

Regina stieg aus dem Bett. »*Ich* würde das nicht gern einem Polizisten erklären. Wir haben das ganze Haus voller Kinder.«

»Mir macht das nichts aus.«

»Dann warte doch, bis alle aufgestanden sind. Dann kannst du mit Jeb sprechen. Vielleicht finden wir gemeinsam einen glaubwürdigen Grund, um diesen Greco nach Hause zu schicken.«

»Und Matilda.«

»Was hat die damit zu tun?«

»Er hat die Nacht in ihrem Zimmer verbracht.«

Regina musterte sein Gesicht.

»Was ich nicht verstehe«, sagte er, »ist, weshalb Greco soeben ins Bestiarium hinaufgegangen ist.«

»Roger?«

»Ja?«

»Vielleicht ziehst du voreilige Schlüsse. Könnte es sich nicht um was ganz Harmloses handeln?«

»Ich glaube, die einzig Harmlosen in diesem Haus sind wir.«

7

Regina trat hinter Roger, als er gerade After-shave-Lotion auf die Wangen verteilte.

»Ich möchte, daß Greco mit seinem Zeug von hier verschwindet«, meinte er.

»Laß ihn noch bis Sonntag bleiben. Dann gehen sie alle. Später kannst du dann mit Jeb sprechen. Wenn er sieht, was du von Greco hältst, wird er ihn sicher nicht mehr einladen.«

»Jeb macht, was er will. Den Jungen haben wir nicht mehr unter Kontrolle.«

»Wir selber müssen uns unter Kontrolle halten, Roger. Sechzehn ist ein schwieriges Alter.«

»Das hast du von jedem Alter gesagt, das er durchgemacht hat. Mein bester Champagner – pffft!«

Regina betrachtete ihn im Spiegel. »Um den Champagner tut's mir leid, aber durch Jammern kriegen wir ihn nicht zurück. Wir wollen uns den heutigen Tag nicht durch Dinge verderben, die gestern geschehen sind.« Sie legte ihm beide Hände auf die Muskeln zwischen Hals und Schultern und begann ihn sanft zu massieren.

»Tut's weh?«

»Nein.«

»Es ist auch unser freies Wochenende. Du fährst doch immer so gern Auto. Bitte, komm – fahren wir!«

»Wir können die Kleinen nicht mit diesen Burschen allein lassen. Sie foltern sich auch gegenseitig, nicht nur Eichhörnchen.«

»Ach, Roger – jetzt wirst du langsam paranoid.«

Er drehte sich um und sah sie an.

»Verzeih«, bat sie ihn rasch. »Wenn Nancy und Bernice aufwachen, werden sie all ihre Kräfte brauchen, um sich gegenseitig über ihren ersten Kater hinwegzuhelfen.«

»Kinder in diesem Alter – betrunken!«

»Hast du denn nie so was gemacht, als du neun Jahre alt warst?«

»Getrunken? Nie!«

»Ich war kein Engel, und du warst es bestimmt auch nicht. Also, was ist – kommst du?«

»Ich erinnere mich...«

»An was erinnerst du dich?« fragte Regina.

»An die Zeiten, als Kinder ihren Eltern noch nacheiferten.«

»Ach, weißt du, ich bin gar nicht so sicher, daß wir immer perfekte Vorbilder sind.«

»Ich besaufe mich jedenfalls nicht sinnlos.«

Sie erinnerte sich genau an damals, als er es doch getan hatte, und als alle Kinder es mitangesehen hatten. »Na, na, für die Anonymen Alkoholiker sind sie doch noch nicht reif. Sollen sie ihren Rausch ausschlafen. Sie verlassen sich auf die Freundlichkeit fremder Menschen.«

»Eltern sind keine fremden Menschen.«

»Bist du dir so sicher?«

Roger war sich keineswegs sicher.

»Ich gehe«, erklärte Regina jetzt. »Und ich hoffe, Sie kommen mit mir, Sir.«

Roger wünschte, der Buick, den er die Einfahrt hinunterlenkte, wäre ein Kabriolett. An einem Tag, der windig zu werden versprach, mußte es herrlich sein, auf der Landstraße dahinzubrausen – genau wie in einem Vollgas fahrenden Motorboot auf dem Hudson.

Alle Fenster weit geöffnet, gab er Gas, sobald die Straße frei war, und empfand dabei jenes Glücksgefühl, von dem die Kinder immer sprachen, wenn sie sagten, sie wünschten sich ein Auto. Als hätte man Flügel. Jeb redete davon, daß er nach der High-School ein Jahr lang durch Europa trampen wolle. Diese neue Generation steht auf und handelt. Er beneidete sie um ihre Mobilität, um ihre sexuelle Gelöstheit, um ihre scheinbare Sorglosigkeit.

Regina musterte Roger aufmerksam von der Seite und sah, wie er angespannt auf die Straße blickte.

»Woran denkst du?« fragte sie.

»Rate mal.«

»Daß es herrlich ist, aus dem Haus wegzukommen.«

»Falsch.«

»Daß es herrlich ist, von den Kindern wegzukommen.«

»Falsch.«

»Dann sag's mir endlich.«

»Ach, nur wieder einer von meinen Träumen.«

»Vielleicht sollte ich ihn mir lieber nicht anhören.«

»Wenn jetzt die Vorderachse bricht und ich die Kontrolle über den Wagen verliere, dann krachen wir gegen diese Mauer dort, und« – mit einem Seitenblick zu Regina – »die Kinder kassieren einhundertsiebzigtausend Dollar Lebensversicherung. Sie erben das Haus und laden ihre Freunde zu einer niemals endenden Party ein.«

»Wollen wir damit nicht noch ein bißchen warten?«

Roger lächelte. »Eigentlich dachte ich an ein Motorboot. Mal was anderes. Wo man sich hinflüchten kann, raus aus dem Haus.«

»Wir haben gerade die Ausgaben für das neue Haus gehabt...«

»War ja auch nur so eine Idee. Viel benutzen würden wir das Boot ohnehin nicht. Komisch, da wünscht man sich etwas so intensiv, und wenn man es dann schließlich hat, benutzt man es nur zuerst häufig und dann, mit der Zeit, immer weniger.«

Regina dachte, daß dies ebenso auf Menschen zutrifft. Bevor sie Roger kennengelernt hatte, war sie regelmäßig mit Harley ausgegangen. Zunächst hatte Harley sich nicht verdrängen lassen. Erst nachdem feststand, wie es ausgehen würde, hatte er sich zurückgezogen. Als sie ein Jahr verheiratet war, hatte Harley sie jedoch eines Vormittags angerufen. *Na, kümmert sich der alte Roger auch immer noch schön um dich?* hatte er sie gefragt.

Tatsächlich stürzte sich Roger, der sie in den ersten Monaten nach ihrer Heirat beinahe verschlungen hatte, inzwischen auf jede neue Möglichkeit in der Bank mit der Begeisterung eines Sechzehnjährigen, der eine aufregende Verabredung mit einem neuen Mädchen hat. Er war dabei zuerst ein wenig unsicher, neugierig und nervös, dann aber kühn und selbstbewußt. Bei seinen Gesprächen mit Regina über die Bank tauchten Formulierungen auf, die sie an die Zeit seiner Werbung erinnerten.

»Du bist ein verruchter Mensch«, hatte sie Harley geantwortet.

»Wenn du dich auch verrucht fühlen solltest...« war seine Erwiderung gewesen, aber sie hatte ihn unterbrochen.

»Harley, ich erinnere mich an einen Ausspruch von dir: ›Rumspielen ist eines, Liebe ist etwas anderes.‹ Ich glaube, du mußt noch manches lernen.«

An ihrem ersten Hochzeitstag hatte Roger zu ihr gesagt, daß er mit ihr ausgehen wolle, sich aber geweigert, ein Theater oder Restaurant zu nennen. Sie hatte sich richtig fein gemacht – sie wußte noch, wie er sie von oben bis unten gemustert hatte, als er aus dem Büro nach Hause kam –, und dann war er mit ihr aufs Land hinausgefahren. Ganz tief im Wald suchte er eine Lichtung, parkte und fing sofort an, auf dem Rücksitz mit ihr zu schmusen. Hinterher hatten sie wie die Kinder darüber gelacht, daß sie ihre Kleider so verschmutzt und so ungeheure Verrenkungen in Kauf genommen hatten, nur um sich zu küssen und abermals zu küssen. Dann aber hatten sie sich in diesem engen Raum nochmals wie die Akrobaten zu einer Vereinigung zusammengefunden, die all ihre Erwartungen überstieg. Regina hatte gesagt: *Weißt du, wir haben ein Schlafzimmer.* Roger hatte alles mögliche geantwortet, unter anderem: *Ich kann den Wagen doch nicht ins Schlafzimmer holen. Wie wär's, warum machen wir's nicht in der Bank?* Und sie hatte gefragt: *Wo denn, in der Bank?* Da hatte er geantwortet: *Im Tresor, im Direktionszimmer, auf meinem Schreibtisch, wo du willst.* Sie hatten sich halb totgelacht. Natürlich hatten sie keine Verhütungsmaßnahmen getroffen, und zuweilen war sie versucht gewesen, Harry, ihrem Ältesten, zu sagen, daß er auf dem Rücksitz eines Wagens gezeugt worden war.

Roger unterbrach ihre Träumereien. »Ich glaube, wir sollten überlegen, was mit den Kindern los ist. Vielleicht müssen wir etwas unternehmen.«

»Was denn?« fragte Regina verständnislos.

»Mit Dr. Keeler über die vergangene Nacht sprechen.«

»Aber der ist kein Psychiater«, wandte Regina ein.

»Du hast gesagt, daß er Kinder zu verstehen scheint.«

»Ich denke nicht an die Kinder. Ich denke an...« Sie warf ihm dabei einen merkwürdigen Blick zu. »An den Rücksitz dieses Wagens.«

Er wußte, woran sie dachte. »Es ist heller Tag«, sagte er.

»Ich werde meinem Mann nichts davon sagen.«

Er mußte lachen.

Sie hatte ihren Zweck erreicht. Sie hatte ihn von seinen Problemen abgelenkt. »Fahr zu«, sagte sie, und er trat das Gaspedal durch.

Als sie sich auf den Heimweg machten, herrschte schon reger Samstagsverkehr. Kurz nach elf waren sie wieder zu Hause. In der Küche sah es aus, als hätte mindestens ein Dutzend Personen gefrühstückt: halbleere Schüsseln mit Corn-flakes standen herum, auf der Arbeitsplatte häuften sich Eierschalen, auf den Tellern klebten angetrocknete Eierreste, in Kaffeetassen waren Zigaretten ausgedrückt worden, die Milch hatten sie nicht wieder in den Kühlschrank gestellt, und unter den Füßen knirschte eine breite Spur verstreuten Zuckers. Der Heuschreckenschwarm der Kinder war eingefallen und weitergezogen.

Regina machte sich sofort daran, das schmutzige Geschirr neben dem Spülbecken aufzustapeln und zerknüllte Papierservietten einzusammeln.

»Sie sollten endlich lernen, selbst aufzuräumen.«

»Ach was«, antwortete sie, »du weißt ganz genau, daß sie das nicht tun.«

»Wenn wir heute tot umfielen, müßten sie ja auch alles allein machen.«

Sie sah den Blick, mit dem er einen Teller betrachtete, den sie gerade wegräumen wollte.

»Laß ihn stehen!«

In der Mitte des Tellers klebte eine zähe Masse: die Reste einer Portion Pfannkuchen mit Sirup. Vom Rand aber nahm Roger ein kleines Stück zusammengedrehtes Papier und hielt es an seine Nase.

»Was ist das?« fragte sie.

»Wofür hältst du es?«

Sie zögerte. »Der Rest einer selbstgedrehten Zigarette?«

Roger war schon aus der Küche, ehe sie den Satz beendet hatte. Eilig jagte er die Treppe hinauf. Aus dem Bestiarium kam das Dröhnen vielfach verstärkter Musik. Er stieß die Tür auf und winkte Jeb zu sich heraus.

Jeb zog die Tür hinter sich ins Schloß.

»Was ist denn, Dad?«

Roger hielt ihm die Kippe unter die Nase. »Wer hat das geraucht?«

»Au! Dad – du tust mir weh!«

Roger hatte gar nicht gemerkt, daß er den Jungen am Arm gepackt hatte. Er ließ ihn los.

»Wer?« fragte er abermals.

»Na, Harry bestimmt nicht. Der ist nicht hier«, witzelte Jeb.

»Sei nicht vorlaut. Also – wer?«

Jeb zog seinen Vater den Flur entlang, weg von der Tür zum Bestiarium. Die Musik drinnen hatte aufgehört.

»Bernice oder Nancy sind's nicht gewesen – oder?« fragte Roger.

»Ich glaube nicht.«

»Dorry und seine Freunde sicher auch nicht.«

»Keine Ahnung. Ich kann doch nicht ewig auf alle aufpassen. Ich bin kein Cop.«

»Warst du es?«

»Ich rauche so was nicht, Dad.«

»Dann kann es ja nur Donald gewesen sein.« Roger zögerte absichtlich.

»Oder Greco.«

Jeb blieb stumm.

»Hol ihn heraus«, befahl Roger.

Jeb verschwand im Bestiarium und machte die Tür hinter sich zu. Roger hörte Stimmen. Dann kam Greco heraus und zog seine Hose zurecht, wie er es bei den Cowboys im Kino gesehen hatte.

»Sie wollten mich sprechen, Mr. Maxwell?«

»Gehört das dir?« Er hielt die Zigarettenkippe hoch.

»Na ja«, antwortete Greco mit breitem Grinsen, »jetzt nicht mehr.«

»Was soll das heißen?«

»Daß ich sie Jeb als so 'ne Art Gastgeschenk gegeben habe. Er hätte sie nicht liegenlassen sollen. Ich hatte ihm doch gesagt, er soll sie im Klo runterspülen.«

Roger stieß die Tür zum Bestiarium auf. Die fünf Jungens hockten dicht beieinander in einer Ecke. »Jeb, komm her!«

Jeb kam auf den Flur heraus.

»Du hast gesagt, daß du so was nicht rauchst«, sagte Roger.

Jeb wandte sich an Greco. »Du hast mich verpfiffen.«

»Jetzt hör mal zu, Mann, du hast gerade deinem Alten erzählt, daß ich es gewesen sei, stimmt's? Ihr weißen Scheißer habt doch manchmal 'ne weiche Birne. Ich habe dir extra gesagt, was nicht geraucht wird, kommt ins Klo.«

»Hast du die Zigarette von ihm gekauft?« fragte Roger seinen Sohn.

»Er hat nichts gekauft. Ich hab' ihm den Joint geschenkt.«

Roger spürte ein warnendes Pulsklopfen in der Schläfe.

Leise sagte er zu Greco: »Ich wünsche, daß du sofort verschwindest.«

»Na, das ist ja reizend! Er wird erwischt, und ich werde rausgeschmissen!«

»Ich wünsche nicht, daß so etwas in mein Haus kommt. Und dich will ich auch nie wieder hier sehen.«

»Also, Mr. Maxwell, sind Sie jetzt nicht 'n bißchen hysterisch?«

»Ich habe gehört, wie du heute morgen diesem Jungen etwas verkauft hast. Da hätte ich dich gleich rauswerfen sollen.«

»Mr. Maxwell, Tim brauchte das Gras unbedingt, und sonst hätte er's sich woanders geholt, wo er doch 'ne Party laufen hatte. Wenn ich's ihm nicht gegeben hätte, dann hätte er sich's woanders geholt. Das macht er immer. Ich bringe 'ne Dienstleistung, genau wie andere Geschäftsleute. Verkaufen Sie in Ihrer Bank nicht auch Geld?«

»Pack deine Sachen, und verlaß dieses Haus!«

»Okay, okay! Nur mit der Ruhe.« Greco schlenderte ins Bestiarium zurück.

»Ihr Scheißer macht jetzt, daß ihr hier rauskommt!«

Dorry und seine Freunde kamen langsam zur Tür. Als sie an Mr. Maxwell vorbeikamen, blickten sie ihn scheu an. Dann ging, auf einen Wink Grecos, auch Donald hinaus.

»Ich hole nur meine Sachen«, sagte Greco.

Roger blieb stehen.

»Woll'n Sie da stehenbleiben und zusehen? Glauben Sie etwa, ich würd' hier was stehlen? Ich brauch' nichts von Ihnen.« Er kam langsam auf Roger zu. »Im Gegenteil – Sie haben immer noch was von mir.«

Roger sah ihn verständnislos an.

»Meine Taschenflasche.«

Roger ging ins Schlafzimmer hinunter, holte die Flasche und lief rasch wieder die Treppe zum Bestiarium hinauf. Als er zur Tür hereinkam, sah er Greco hinter dem Braunbären stehen.

»Da!« Er hielt ihm die Flasche hin.

Aber Greco konnte sie ihm nicht abnehmen, weil er beide Hände voll hatte: Er trug ein Kilopaket Marihuana. Mit drei oder vier Schritten war Roger ebenfalls hinter dem Bären.

Der Rücken des ausgestopften Tiers war geöffnet.

»Schade, so'n schönes Versteck verlier' ich nicht gern, Mr. Maxwell. Stecken Sie mir doch die Flasche in die Tasche. Ich hab' nämlich keine Hand frei.«

Roger schleuderte die Flasche in die Richtung des nächsten Doppelstockbettes. Sie verfehlte jedoch ihr Ziel, traf einen Pfosten und fiel zu Boden. Beide hörten das Glas innen zerbrechen.

»Schwein!« sagte Greco.

»Was hast du gesagt?«

»Sie haben gehört, was ich gesagt habe. Ich habe viel Geld für die Flasche bezahlt.«

Roger machte auf dem Absatz kehrt und ging hinaus.

»He, wohin wollen Sie?«

Roger hörte, daß Greco ihm folgte. Er ging zum Schlafzimmer im ersten Stock.

An der Tür holte ihn Greco ein. »Ich habe gefragt, wohin Sie wollen?«

Roger versuchte die Tür zuzudrücken, damit er sie abschließen konnte. Greco klemmte seinen Fuß dazwischen.

»Was ist denn, Roger?« Regina kam aus dem Bad ins Schlafzimmer. Greco, das Kilopaket in beiden Händen, drückte die Tür mit dem Knie weiter auf.

»Dies ist unser Schlafzimmer«, sagte Roger. »Nimm den Fuß weg!«

»Ich will wissen, was Sie vorhaben.«

Von der Tür aus sagte Roger zu Regina: »Ruf 901-2100 an. Sag ihnen, sie sollen so schnell wie möglich einen Streifenwagen schicken.«

Mit seinem ganzen Gewicht warf sich Greco gegen die Tür. Roger wurde zurückgeschleudert. Greco warf das Kilopaket hin und stürzte sich auf Regina, die schon am Telefon stand. Sie wählte gerade, als Greco den Apparat packte und die Schnur mit einem kräftigen Ruck aus der Wand riß.

»Sie hetzen mir keine Cops auf den Hals! Ich kann beweisen, daß Sie monatelang Gras in Ihrem Haus versteckt hatten, daß Sie damit handeln und mich dabei benützen!«

Greco griff sich das Kilopaket und lief nach unten.

Roger folgte ihm bis hinters Haus. Greco öffnete den Kofferraum seines Wagens, warf hastig das Paket hinein und kam wieder zur Hintertür, wo Roger ihm, Regina hinter sich, den Weg versperrte.

»Machen Sie Platz!« verlangte Greco.

Roger spürte die Augen, die ihn von den Fenstern beobachteten. Mußten die Kinder dieser Szene zusehen?

»Dies ist mein Haus«, erklärte Roger und wurde plötzlich von tiefem

Schuldbewußtsein erfaßt. Wird dieser Junge, so reich er durch seinen Rauschgifthandel auch werden mag, jemals ein solches Haus besitzen?

»Ich muß meine Sachen holen«, drängte Greco.

»Du hast deine Sachen.«

In diesem Moment erschien Matilda hinter Regina, sagte: »Verzeihung«, und schob sich an den beiden Maxwells vorbei. »Was ist denn los?« fragte sie Greco.

»Halt den Mund und steig ein!« befahl er ihr. Dann wandte er sich an Maxwell: »Aus dem Weg! Ich hab' noch Ware unten.«

»Wo unten?«

»Im Keller.«

»Wo im Keller?«

»Geh mir endlich aus dem Weg, du Scheißer!« Eine einzige, blitzschnelle Bewegung, und Greco hatte das Springmesser gezogen, mit dem er am Abend zuvor das Eichhörnchen erstechen wollte. Mit der Linken warf er Matilda die Wagenschlüssel zu. »Laß den Motor an«, forderte er sie auf.

»Gib den Weg frei«, flüsterte Regina.

Roger machte Greco Platz.

Der steuerte auf die Kellertreppe zu. Roger folgte. »Hol meine Stablampe«, bat er Regina, die sofort in die Küche lief, um die Lampe mit den fünf Batterien zu suchen.

Sobald Greco im Heizungskeller verschwunden war, warf Roger die Tür ins Schloß und hoffte, daß das verzogene Holz klemmte.

»He, Mann – was soll das?« rief Greco von drinnen.

Roger stemmte sich, die Knie gebeugt, mit dem Rücken gegen die Tür, aber er fand nichts, was ihm irgendwie Gegenhalt verliehen hätte. Er drehte den Lichtschalter außen an der Tür zum Heizungskeller.

»Verdammte Scheiße, was machen Sie da? Wie soll ich im Dunkeln was finden?«

Roger hörte drinnen Schritte, dann spürte er den ersten Stoß gegen die Tür. Er würde sie nie zuhalten können!

Regina erschien oben an der Kellertreppe mit der Stablampe in der Hand. Er winkte ihr, herunterzukommen. Sie reichte ihm die lange Stablampe im selben Moment, als sich Greco zum zweiten Mal gegen die Tür warf.

»Ich bringe dich um, du Schwein!«

Viel länger konnte er die Tür nicht mehr halten. Regina sah die Schweißtropfen auf Rogers Stirn.

»Bitte«, keuchte er, »ruf die Polizei an – vom Küchentelefon. Oder hol mir meinen Revolver.«.

»Ich rufe an«, sagte sie und lief zur Treppe.

»Mach schnell!«

Roger stemmte sich mit dem Rücken gegen die Tür, so fest er konnte. Dann kam der dritte Rammstoß von innen. Sekundenlang hatte er das Gefühl, seine Wirbelsäule müsse zersplittern. Rasch trat er von der Tür zurück, schaltete die Stablampe ein, hielt sie in Augenhöhe und hoffte, der Lichtstrahl würde Greco blenden, wenn er aus dem dunklen Heizungskeller herausgestürzt kam.

Grecos nächster Stoß traf lediglich auf den Widerstand des Türschlosses; die Tür flog auf, und er wäre beinahe lang hingeschlagen. Er hob den Arm, um seine Augen vor dem Licht zu schützen. Roger sah, daß Greco immer noch das offene Springmesser hielt. *Mach schnell, Regina!* Er mußte Zeit gewinnen.

»Ich werde die Lampe halten, damit du auch findest, was du suchst«, sagte er.

»Machen Sie das Deckenlicht an«, befahl Greco.

Roger gehorchte. Er drehte den Schalter.

Greco wandte sich um und lief auf die andere Seite des Heizungskellers hinüber. Dort quetschte er sich hinter den Kessel.

Roger betrat den Raum, weil er sehen wollte, was Greco tat.

Greco fluchte. Hatte er sich verletzt?

Als er sich wieder hinter dem Kessel hervorschob, hatte er ein zweites Kilopaket in der Hand.

»Aus dem Weg!« sagte er zu Roger, der die Tür zum Gang versperrte.

Roger rührte sich nicht von der Stelle. *Sei kein Narr*, sagte er sich.

Greco richtete das Messer auf Rogers Gesicht. »Ich könnte Sie kaufen und verkaufen, Mr. Banker«, sagte er. »Ich muß noch was im ersten Stock holen.«

»Was denn?«

»Aus dem Weg!« Greco ließ das Messer durch die Luft sausen. »Oder ich verpasse Ihnen 'n Andenken.«

Roger trat beiseite.

»Wenn Sie mich jetzt reinlegen, komme ich wieder und hole mir Nancy.«

Greco ging zur Kellertür. Roger folgte ihm. »Du tust was?«

Greco fuhr herum. »Du hast mich genau verstanden, du weißes Schwein!«

Die dreißig Zentimeter lange Stablampe mit beiden Händen gepackt, holte Roger aus und hieb Greco die Klinge aus der Hand.

»Arschloch!« fluchte Greco überrascht, als das Messer klappernd auf den Betonboden fiel. Roger wollte den Fuß daraufsetzen, aber Greco war zuerst da und bückte sich, um es aufzuheben. Roger, der sich zu alt für einen Kampf fühlte, der nicht wußte, wie er sich gegen die zu erwartenden Messerhiebe wehren sollte, nahm plötzlich all seine Kraft zusammen und schlug dem gebückten Jungen die Stablampe voll Zorn und Wut auf den Schädel.

Irgend etwas in Grecos Schädel gab nach.

Lautlos ließ der niedergebeugte Junge das Kilopaket fallen und sank im Zeitlupentempo zu Boden, während ihm dunkles Blut aus einer Kopfwunde und aus den Ohren rann.

Wie er dalag, die Glieder merkwürdig verrenkt, glich Greco einer überdimensionalen, schwarzen Puppe.

Großer Gott, dachte Roger, die Lampe in der zitternden Hand. Er wich zurück. Dann machte er kehrt und vermied sorgfältig, über die Türschwelle zu stolpern.

Er schlug die Kellertür zu, klammerte sich ans Treppengeländer und zwang sich, die Stufen zur Küche hinaufzusteigen.

Regina, das Telefon in der Hand, drehte sich angstvoll um, sah, daß es Roger war. »Gott sei Dank! Ich habe mich zweimal verwählt. Bitte, hilf mir!«

Roger nahm ihr den Hörer aus der Hand und legte ihn auf die Gabel zurück.

»Jetzt nicht«, sagte er.

Da sah Regina die blutverschmierte Stablampe in seiner Hand. Sie unterdrückte einen Schrei. Roger hielt den Lampenkopf unter den laufenden Wasserhahn am Spülbecken und sah zu, wie der rötliche Wirbel im Abfluß verschwand, bis das Wasser wieder klar war. Er nahm einen Packen Papierhandtücher, hielt sie ebenfalls unter das kalte Wasser und sagte: »Komm mit.«

Er führte sie zur Kellertür.

»Schrei bitte nicht«, flüsterte er, als er Reginas entsetztes Gesicht sah.

Er öffnete die Tür, ließ Regina hindurchgehen und machte sie wieder hinter sich zu. Regina starrte auf den am Boden liegenden Greco.

Roger bückte sich und versuchte mit den feuchten Papierhandtüchern das Blut von Grecos Gesicht zu wischen.

»Atmet er?« fragte Regina.

»Ich weiß es nicht.«

»Mund zu Mund«, sagte Regina.

»Was?«

»Wiederbelebung.«

Roger starrte auf das Gesicht hinab. »Ich kann nicht.« Und, als könne er es damit erklären: »Er wollte mich erstechen. Er hat gedroht, wiederzukommen und sich Nancy zu holen.«

Als hätte sie seine Worte nicht gehört, kniete sich Regina neben den Jungen, schloß die Augen, preßte ihre Lippen auf seinen Mund und begann, wie sie es im Erste-Hilfe-Kurs gelernt hatte, in einem steten Rhythmus zu atmen.

Ekel drehte Roger den Magen um. Er nahm das Kilopaket, das Greco fallen gelassen hatte, stieg die Treppe hinauf und ging zur Hintertür hinaus. Matilda saß noch in Grecos Wagen am Steuer.

Roger reichte ihr das Paket durchs Fenster. »Greco hat gesagt, du sollst das mitnehmen und dann so schnell wie möglich verschwinden.«

»Wo ist er, Mr. Maxwell?«

»Er sagt, du sollst sofort fahren; du wüßtest, wohin.«

Matilda legte das Paket auf den Beifahrersitz, überlegte es sich jedoch anders, stellte die Zündung ab und stieg aus, um das Paket im Kofferraum zu verstauen, wo sie es mit dem anderen zusammen in eine schmutzige Decke wickelte. Roger wartete, bis sie davonfuhr. Als er wieder in den Heizungskeller kam, hob Regina den Kopf von Grecos Mund. Ihre Haare und ihr Gesicht waren blutverschmiert. »Er ist tot«, sagte sie leise.

8

Jeb fand, daß es im Bestiarium zu voll war. Darum befahl er Dorry und seinen Freunden, ihre Sachen zu nehmen und sich in Dorrys Schlafzimmer im ersten Stock zu verziehen.

»Mom hat gesagt, das Bestiarium ist für uns alle«, protestierte Dorry.

Jeb richtete sich in seinem Doppelstockbett auf. »He, Donald, wer ist dieser Knabe, der mir widerspricht?«

»Ich vermute, er ist dein Bruder.«

»Mein kleiner Bruder?«

»Ich glaube schon.«

»Glaubst du, daß er vielleicht Streit sucht?«

»Ich glaube, er hat ihn bereits gefunden«, antwortete Donald.

»Wolltest du nicht irgendwohin?« wandte sich Jeb an Dorry.

Kenny packte Dorrys Arm. »Komm, wir gehn.«

»Na schön«, antwortete Dorry. »Hier oben stinkt's sowieso.«

»Wenn du verschwunden bist, stinkt's nicht mehr, Klugscheißer«, erklärte Jeb.

»Fleisch stinkt immer, wenn's zwölf Jahre alt ist«, erklärte Donald.

»Käse stinkt auch, wenn er zwölf Jahre alt ist«, sagte Jeb.

»Glaubst du, daß die zwölf Jahre alt sind?« fragte Donald.

Die drei Zwölfjährigen schoben ab, Dorry voran. Jeb kam mit einem Satz von seinem oberen Bett herunter und machte die Tür zum Bestiarium hinter ihnen zu.

Donald lachte.

»Jetzt«, meinte Jeb, »können wir reden.«

»Mit dem Gras ist es jetzt wohl Schluß, was?« meinte Donald.

»Ach wo, Greco findet bestimmt 'n anderes Versteck. Er sagt, wenn er irgendwo was einlagert, hat er immer schon was anderes in petto, damit er im Notfall schnell umziehen kann.«

»Was für ein Versteck hat er denn jetzt?« fragte Donald.

»Hat er nicht gesagt.«

»Ich dachte, Greco ist dein Freund.«

»Aber er sagt mir nicht alles. Ich sage dir auch nicht alles.«

»Das mit Matilda hast du mir aber gesagt.«

»Damit du dir auch eine suchst. Dann kannst du endlich deine Hand schonen«, erklärte Jeb.

»Geh zum Teufel!«

»Kannst du das aus eigener Erfahrung empfehlen?«

Jeb stemmte sich wieder auf sein Bett hinauf.

»Wieso legt sie sich eigentlich für ihn hin?« fragte Donald.

»Hast du was dagegen?«

»Na ja, ich meine, sie ist doch... du weißt schon... und er ist...«

»Er ist bestückt.« Jeb breitete die Hände aus, um die Größe anzudeuten.

»Greco läßt sie ja nur von *dir* bumsen, damit *er* nachher besser aussieht, du Minischwanz!«

Jeb schwang die Beine von der Bettkante.

Donald versicherte ihm rasch: »War ja nur Spaß. Bist du schon mal bei ihr zu Hause gewesen?«

»Na klar. Mensch, das haut dich um! Ihr Alter kommt von der Arbeit nach Hause – ich war mal dabei, Mann –, hockt sich vor die Glotze, schiebt hinein, was die Kinder ihm vorsetzen, und pennt dann im Fernsehsessel ein. Die Kinder müssen ihn nach oben schleppen, weil er so hin ist, daß er kaum laufen kann.«

»Was ist denn mit Matildas Mutter?«

»Die ist tot, du Rindvieh!«

»Wieso?«

»Weil er sie umgebracht hat, sagt sie.«

»Sagt wer?«

»Matilda, du Idiot.«

»Warum ist er dann nicht im Knast?«

»Woher soll ich das wissen? Matilda will einfach nicht die nächste sein. Deswegen ist sie fast immer drüben bei Greco.«

»War's denn schön?«

»Was?«

»Du weißt schon – mit Matilda.«

»Na ja, ganz gut.«

»Wieso hat Greco dich gelassen?«

»Weil ich sein Freund bin.«

»Ich bin auch sein Freund«, sagte Donald.

»Das war dafür, daß er das Zeug hier verstecken durfte.«

»Und jetzt läßt er dich nicht mehr?«

»Macht mir doch nichts aus! Ich kann jede Menge haben. Solltest du wirklich auch mal versuchen.«

»Wieso? Glaubst du, daß ich's noch nicht getan habe?« fragte Donald.

»Du wüßtest ja nicht mal, wie so was aussieht, wenn du keine Bilder gesehen hättest.« Jeb schob beide Hände unter den Kopf. »Keine Angst«, beruhigte er Donald, »ich beschaff' dir bald eine.«

»Dazu brauche ich dich doch nicht!«

»Wie du willst.« Dann sagte Jeb: »Komm, ich habe keine Ruhe. Laß uns mal nachsehen, was sich unten tut.«

Liebevoll sagte Roger zu ihr: »Regina, du willst doch nicht, daß die Kinder das Blut an dir sehen. Komm, ich helfe dir, das Zeug an der Spüle abzuwaschen.«

»Ich mach's schon selber«, antwortete sie, drehte das heiße und das kalte Wasser auf, beugte sich wie eine alte Frau über das Spülbecken, hielt die gewölbten Hände unter den Wasserhahn und badete ihr Gesicht darin. *Es ist alles vorbei.*

Mit ein paar Papierhandtüchern trocknete sie sich die Hände, die ihr wie Wachsklauen vorkamen.

Roger wollte ihr zu Hilfe kommen.

»Du solltest lieber die Polizei anrufen«, mahnte sie ihn.

»Ja«, sagte er.

Er ging zum Telefon.

Sie sah ihn an. Es würde leichter für ihn sein, wenn sie hinausging. Es war ein sehr persönlicher Anruf.

Roger rückte sich einen Stuhl zum Küchentelefon. Das Schwindelgefühl würde sich wieder legen.

Als Regina ins Wohnzimmer ging, um dort zu warten, hörte sie ihren Mann wählen.

Die Nummer für die Polizei und den Krankenwagen war dieselbe. Für den Krankenwagen war es zu spät, obgleich er letztlich wohl doch kommen mußte, um die Leiche abzuholen.

»Sergeant Whitely«, meldete sich eine Stimme.

Er versuchte, sich Sergeant Whitely vorzustellen. War das der Kleinere, der seine Mütze seitlich weich eingedrückt trug und die Hausfrauen so freundlich weiterdirigierte, wenn sie frühmorgens ihre Ehemänner am Bahnhof absetzten?

»Sergeant Whitely«, kam die Stimme abermals.

Er hätte vorher überlegen müssen, was er sagen soll.

Darauf kommt es später bestimmt an. Soll er sagen, es handele sich um einen Unfall?

Im Hörer klickte es. Die Leitung war unterbrochen. Warum hängen die so schnell auf? Zuviel zu tun? Oder meinte der Sergeant, da läutet einer an, ohne sich zu melden? Aber so jemand würde nicht bei der Polizei anrufen. Versuchen sie die Anrufer nicht herauszufinden? Das war wohl nicht der Mühe wert.

Bedrückt ging er ins Wohnzimmer hinüber.

»Hast du angerufen?« fragte Regina.

Er nickte. Und es war nur halb gelogen. Er hatte tatsächlich angerufen. Er hatte nur kein Wort rausgebracht.

»Komm, setz dich zu mir, bis sie kommen«, forderte sie ihn auf.

»Ja, gut.«

Roger erinnerte sich an etwas, was Cargill einmal zu ihm gesagt hatte. Bei einem Prozeß komme es nicht auf die Tatsachen an, sondern darauf, wie gut der Anwalt sei. Aber bei einem einfachen Fall von Notwehr würde er keinen Anwalt brauchen.

»Greco war kein Einbrecher«, sagte er laut.

»Was meinst du?«

»Er war Gast in diesem Haus. Ob das eine Rolle spielt?«

»Wobei?«

»Bei dem, was die Polizei unternimmt.«

Als das Telefon schrillte, reagierte Roger, der gerade seinen Arm um Regina legen wollte, wie ein Spastiker. Sie hörten Schritte die Treppe herunterpoltern.

Beide eilten in die Küche, doch Jeb, mit Donald auf den Fersen, hatte den Hörer schon in der Hand.

»Hallo?«

Jeb lauschte, dann antwortete er: »Einen Moment.« Er legte die Hand über die Sprechmuschel. »Das ist Grecos Alter. Er sagt, Greco soll seinen Arsch sofort Richtung Heimat bewegen.«

»Na los, dann steh nicht so rum!« sagte Roger. »Geh ihn holen!«

Jeb sagte ins Telefon: »Bleiben Sie dran, ich hole ihn.«

Als er den Hörer hinlegte, bemerkte er den seltsamen Blick seiner Mutter. Er schaute seinen Vater an. Hatten die beiden sich gestritten? Er trottete davon, Donald folgte.

Roger fragte sich, weshalb Regina ihn so ansah. Er konnte Jeb doch nicht sagen, was geschehen war, während Grecos Vater am Telefon wartete. Noch dazu in Donalds Gegenwart.

»Was machen wir jetzt?« fragte Regina.

Roger legte einen Finger auf die Lippen und deutete auf den Telefonhörer.

»Ich mache jetzt Kaffee«, sagte er laut.

Regina nahm ihm den Wasserkessel aus der Hand. »Laß mich das tun.«

Roger betrachtete flüchtig den Telefonhörer, der neben dem Apparat auf der Arbeitsplatte lag. Angenommen, Grecos Vater riefe ihn an, um ihm zu sagen, Jeb sei tot – würde er ihm dann glauben, daß es Notwehr gewesen war? Schwarze brachten sich dauernd gegenseitig um. Hätte Jeb große Mengen von Rauschgift in einem fremden Haus versteckt? Hätte sein eigener Sohn andere ernsthaft mit dem Messer bedroht?

Jeb stürzte, zwei Stufen auf einmal nehmend, atemlos die Treppe herunter. Er rannte zur Hintertür hinaus, kam dann wieder herein und sagte: »Ich kann ihn nicht finden. Sein Wagen ist weg. Und Matilda ist auch nicht da.«

»Na, dann sag's ihm«, meinte Roger.

Jeb nahm den Hörer. In der Leitung war nur ein Summen zu hören. »Anscheinend hat er aufgelegt.«

Regina wischte den Frühstückstisch ab und stellte zwei Kaffeetassen darauf.

»Ihr habt ja 'ne schöne Unordnung in der Küche hinterlassen«, sagte Roger.

»Ich nicht«, protestierte Jeb. »Das waren Dorry und seine Freunde.«

»Na gut«, antwortete Roger. »Dann geh jetzt den Rasen mähen.«

Jeb starrte seinen Vater an wie einen Verrückten. »Das haben wir doch gestern gemacht, Dad.«

»Dann such dir eine andere Beschäftigung.«

Im Davongehen zuckte Jeb die Achseln. Eltern konnten fürchterlich unberechenbar sein.

Im Rauchabzug über dem Küchenherd surrte ein Ventilator. Roger spürte Reginas Hand auf seinem Arm.

»Wollen wir nicht lieber im Wohnzimmer warten?« fragte sie ihn.

Er wandte sich ihr zu. Eine Ehefrau kann nicht gegen ihren Mann aussagen. Aber sie wird trotzdem berichten müssen, was sie weiß. Was weiß sie?

»Regina?«

»Ja?«

»Du hast doch gesehen, daß Greco mich mit dem Messer bedroht hat, als er ins Haus zurück wollte, nicht wahr?«

»Du solltest nicht darüber sprechen, solange du so erregt bist, Roger.«

»Im Keller hinter dem Heizungskessel hatte er ein zweites Kilo versteckt.«

»Bitte, komm jetzt mit ins Wohnzimmer«, sagte sie.

»Er war ein Rauschgifthändler.«

»Ich weiß, Liebling. Komm!«

»Im Keller ist er wieder mit dem Messer auf mich losgegangen, und ich hatte doch nur die Stablampe, ich meine, ich...«

»Warte doch, bis die Polizei kommt. Denen kannst du alles erzählen.«

»Es war Notwehr.«

»Ja, Liebling.«

Sie saßen im Wohnzimmer.

»Wenn wir nur nicht hierhergezogen wären!« stöhnte Roger. »Dann hätte sich Jeb niemals mit Greco angefreundet.«

»So darfst du nicht denken, Liebling – hörst du?«

»Es ist dieses Haus hier. Dieses wahnsinnige Zimmer oben. Simeon King bringt uns nur Unglück.«

Regina ergriff seine Hände. »Um jetzt noch abergläubisch zu werden, sind wir zu alt. Wir sind in eine sehr unglückselige Situation geraten. Und wir werden damit fertig werden. Zusammen.« Dann wurde ihr jedoch plötzlich klar, daß sie an ihre eigenen Worte nicht glaubte, und sie stieß hervor: »Warum brauchen die nur so lange?«

»Ich gehe noch mal anrufen.«

Cargill hatte recht. Wenn man sich in dieser Welt nicht rechtzeitig schützt, kann es so weit kommen, daß man für etwas leiden muß, was man gar nicht getan hat, ja sogar für etwas, das man gar nicht beabsichtigt hat. Er durfte sich nicht so treiben lassen; er mußte etwas unternehmen.

Auf dem Weg in die Küche fiel ihm Gordon Tillings guter Rat ein. *Ich werde mich um Ihre Steuerprobleme kümmern, Ihr Testament von Zeit zu Zeit neu aufsetzen und Ihre Erbangelegenheiten regeln, aber wenn Sie sich jemals von Regina scheiden lassen wollen, werde ich Ihnen einen anderen Anwalt empfehlen. Derartige Aufgaben möchten weder ich noch meine Partner übernehmen. Und wenn eines Ihrer Kinder einmal ernsthafte Schwierigkeiten hat, sollten Sie George Thomassy nehmen. Dieser Fuchs ist beinahe unfehlbar. Ich habe ihn bei einem Dutzend Fällen beobachtet Er kennt sich im Strafrecht aus wie kein anderer und benutzt dieses Wissen zugunsten seiner Mandanten. Die Anklagevertreter wissen alle, daß er ein Hexenmeister im Gerichtssaal ist, deswegen werden auch so viele seiner Fälle niedergeschlagen. Und noch etwas will ich Ihnen über George Thomassy verraten: Er ist ein überzeugter Junggeselle, und er ist ein überzeugter Kämpfer. Er hat Freude am Gewinnen. Wenn ich jemals in der Klemme säße, würde ich mich sofort an Thomassy wenden.*

Rasch blätterte Roger im Telefonbuch und suchte Thomassys Nummer heraus. *Dazu ist ein Anwalt doch da, nicht wahr – zum Gewinnen?*

Es läutete viermal, ehe sich eine Frauenstimme meldete.

»Kanzlei Rechtsanwalt Thomassy.«

Verdammter Auftragsdienst!

Er versuchte, gelassen zu wirken. »Ich muß Mr. Thomassy sprechen. Es ist dringend. Können Sie mir seine Privatnummer geben? Sie ist nicht eingetragen. Es handelt sich« – er zögerte – »um einen Notfall.« Er merkte, wie seine Stimme abglitt. Die Telefonistin lehnte die Auskunft ab.

»Okay, hören Sie, richten Sie ihm aus, er möchte mich anrufen.« Er gab ihr die Nummer. »Roger Maxwell, mit zwei ›l‹. Er kennt mich. Ich weiß, daß wir jetzt Wochenende haben. Sollte er sich von irgendwoher melden, bitten Sie ihn, mich anzurufen. Per R-Gespräch. Es ist wirklich dringend!«

Dämlicher Auftragsdienst! Er legte auf.

Im Wohnzimmer sagte er zu Regina: »Sie kommen gleich.«

»Roger, ich liebe dich.«

In diesem Ton behauptete sie das immer, ehe sie ihm etwas sagen wollte, was ihr schwerfiel.

»Roger, du bist ein ehrlicher Mensch. Du hast kein Pokergesicht. Ich sehe es dir an, wenn du lügst.«

»Wieso sollte ich lügen? Du hast mich doch sprechen hören.«

»Aber du hast nicht die Polizei angerufen.«

Der Damm in seinem Kopf barst. Er schluchzte. Regina nahm ihn in die Arme.

Nancy und Bernice hatten sich inzwischen eine dreiviertel Meile vom Maxwell-Haus entfernt, weiter, als Nancy jemals bei ihren Plätzchenverkaufsrunden gekommen war. Mehrere Leute waren nicht zu Hause gewesen. Ein Mann, der ihnen geöffnet hatte, sagte, seine Frau und er seien beide furchtbar erkältet, Nancy und Bernice sollten lieber ein anderes Mal wiederkommen.

»Ich glaube ihm nicht, daß sie krank sind«, erklärte Nancy, als der Mann die Haustür geschlossen hatte.

»Er hat sich aber krank angehört«, sagte Bernice.

»Na ja, das nächste Mal lasse ich mir nichts vormachen.« Sie notierte sich die Adresse auf einem kleinen Block. Nur sechs Beutel Plätzchen zu je einem Dollar hatten sie auf dieser Runde verkauft, weniger als je zuvor, dabei hatte Nancy Bernice beweisen wollen, wie lukrativ dieser Handel war. Die Zutaten für sämtliche Plätzchen hatten einen Dollar dreiundvierzig gekostet, und acht Beutel waren jetzt noch übriggeblieben.

»Weißt du was?« sagte Nancy, während sie weiter in bisher unbekanntes Gelände vordrangen. »Das nächste Mal werde ich in jeden Beutel ein Plätzchen weniger tun.«

»Aber das ist doch Betrug!«

»Wieso? Ich sag' ja keinem, wie viele drin sind. Ich nenne es immer nur einen Beutel.«

»Aber die Leute, die dir schon vorher mal welche abgekauft haben, die wissen doch, wie viele Plätzchen im Beutel sind.«

»Mensch, Bernice, du bist aber wirklich dumm! Glaubst du etwa, die zählen die Plätzchen? Die essen sie bloß, eins nach dem anderen.«

Sie blieben vor einem zweistöckigen Backsteinhaus stehen. Der unleserliche Name auf dem Briefkasten am Zaun sah aus, als sei er schon vor langer Zeit abgekratzt worden. An der Haustür war ein Schild. Im Näherkommen konnten sie es entziffern: BETTELN UND HAUSIEREN VERBOTEN!

»Was soll das heißen?« fragte Bernice.

»Das heißt, wir sollen hintenrum gehen.«

»Bist du sicher?«

»Völlig sicher.«

»Wo haben die denn ihren Wagen?«

»Nicht alle Leute haben Autos. Vielleicht gehen die lieber zu Fuß. Wahrscheinlich aber steht er hinten.«

Nancy deutete auf eine Einfahrt, die ein paar Meter weiter von der Straße abzweigte. »Da geht es bestimmt hintenrum.«

Bernice war skeptisch. »Wetten – nein!«

»Doch – wieviel?«

»Ach, ist doch bloß so'n Ausdruck«, antwortete Bernice.

»Das ist keine Wette.«

»'n Penny?«

»'n Penny ist auch keine Wette.«

»'n Dollar?«

»Na ja, von mir aus.« Jetzt stand Nancys Entschluß fest: Sie mußte sich möglichst bald eine andere beste Freundin suchen, eine, die nicht so demütig war wie Bernice.

An der Einfahrt angelangt, gaben sie sich beide Mühe, möglichst kein Geräusch auf dem Kies zu machen.

»Die hören uns trotzdem«, sagte Nancy und ging deshalb auf dem Rasen weiter.

»Wenn du über das Gras läufst, werden sie böse.«

»Was ich nicht weiß, macht mich nicht heiß«, erklärte Nancy überheblich. In ihren Augen war Bernice erledigt.

Die Einfahrt führte zum Backsteinhaus. Hinter einer Hecke stand, separat, eine Backsteingarage.

»Gewonnen!« erklärte Nancy.

Im gleichen Moment fing ein Hund an zu bellen, und die Seitentür des Hauses ging auf. Hinter dem Hund erschien eine Mumie – eine Gestalt aus Haut und Knochen.

»Die muß mindestens hundert sein«, flüsterte Bernice.

»Was habt ihr beiden hier zu suchen?« rief die Frau mit der ganzen Kraft ihrer schwachen Stimme.

»Wir verkaufen Plätzchen«, antwortete Nancy. »Sie sind viel billiger als die von den Girl Scouts, aber sie sind trotzdem viel besser. Möchten Sie vielleicht mal probieren?«

Als der Hund auf sie zukam, sah es fast so aus, als habe er die alte Frau an der Leine.

»Könnt ihr nicht lesen?« fragte die Frau.

Angstvoll standen die Mädchen still, als der Hund sie wütend anknurrte. Er hatte sehr große Zähne.

»Na, wenn ihr schon nicht lesen könnt, dann könntet ihr wenigstens an die Vordertür kommen, statt hier hinten rumzuschleichen.«

»Das nächste Mal wissen wir Bescheid, Ma'am«, versicherte Nancy, von dem Gebiß des Hundes eingeschüchtert.

»Ein nächstes Mal gibt's nicht«, sagte die Frau. »Ich dulde keine Fremden auf meinem Grundstück, in meinem Alter. Raus jetzt!«

Nancy und Bernice flohen den Kiespfad entlang zur Straße zurück. Sobald sie außer Sicht waren, bogen sie sich vor Lachen.

»Mensch, ist die klapprig!« sagte Nancy. »Mensch, ist die alt!«

»Willst du wirklich noch mal hingehn?« erkundigte sich Bernice.

»Na klar. Mit einem Gratisplätzchen für den Köter. Mit einem Gratis-Rattenplätzchen.«

»Wie meinst du das?«

»Du hast wirklich keine Ahnung! Mein Dad hat im Keller so kleine, runde Dinger mit Rattengift rumliegen. Ein einziges davon gibt einen ganzen Beutel voll Giftplätzchen. Die verkaufe ich ihr um fünfzig Prozent verbilligt. Da kann sie einfach nicht nein sagen.«

»Aber der Hund stirbt dann vielleicht.«

»Hast du gesehen, wie der uns angeknurrt hat? Der hat doch gar nichts anderes verdient!«

»Und wenn die Frau nun auch eins ißt?«

»Die ist sowieso zu alt zum Leben«, antwortete Nancy und hüpfte auf einem Fuß weiter.

Gemeinsam gingen sie zur Vordertür des Nachbarhauses.

»Du mußt die Polizei anrufen, Roger«, mahnte Regina. »Es geht nicht anders.«

»Ich muß mit einem Anwalt sprechen.«

»Du könntest Gordon Tillings anrufen.«

»Nein!« sagte Roger.

»Glaubst du...« begann Regina.

»Was soll ich glauben?«

»Glaubst du, daß du einen« – sie haßte das Wort – »einen Strafverteidiger brauchst?«

Er starrte sie an.

»Weißt du nicht mehr, was Gordon gesagt hat, Roger? Wenn es irgendwann mal zu einem besonderen Problem kommt, sollst du George Thomassy anrufen. Er ist natürlich nicht so wie Gordon, gesellschaftlich, meine ich, aber... Na ja, du weißt schon.«

»Ich habe Thomassy schon angerufen«, antwortete Roger. »Ich erwarte seinen Rückruf.«

Jeb saß über den Nebenapparat in der Bibliothek gebeugt. Die beiden Male, als er Greco zu Hause abgeholt hatte, akzeptierte Grecos Vater, größer als Greco, den Freund seines Sohnes mit einer Handbewegung, die – wie Jeb hoffte – freundlich gewesen war. Der Ausdruck auf dem schwarzen Gesicht des Mannes rief in ihm ein Gefühl hervor, wie damals, als er den leeren Lift des Parkhauses von Sears in White Plains betreten hatte und hinter ihm, kurz ehe die Tür zuging, drei Schwarze hereinkamen. Sie starrten ihn alle drei an, und er konnte nicht weglaufen. Wie sich herausstellte, hatten sie nichts Böses im Sinn, aber er war doch höchst erleichtert, als der elend langsame Lift endlich ankam und die Tür aufging. Er wollte es sich mit Grecos Vater nicht verderben. Er wollte ihn auch nicht gegen Greco aufbringen.

Die Schwarze, die das Telefon abnahm, sagte: »Ich geh' ihn holen«, als er nach Grecos Vater fragte. Erkannte sie an seiner Stimme, daß er weiß war?

Eine bange Minute später kam Grecos Vater an den Apparat. »Wer ist da?«

»Hier ist Jeb Maxwell.«

»Was soll 'n das, daß du mich so lange am Telefon warten läßt?«

»Ich konnte Greco nicht finden.«

»Matilda sagt, daß er noch bei euch ist. Matilda sagt auch was von Stunk mit deinem Alten.«

Jeb duckte sich tiefer in den Sessel hinein.

»Biste noch da?« fragte Grecos Vater.

»Ja, ich bin da«, antwortete Jeb.

»Jetzt hör mal zu. Matilda hat zwei Kilo gebracht. Ich weiß aber, daß es drei waren. Sag Greco, wenn er das dritte nicht sofort herbringt, zieh' ich ihm das Fell über die Ohren, kapiert?«

»Ich kann Greco nicht finden.«

»Was heißt das, du kannst ihn nicht finden? Er ist doch da, oder?«

Jeb wußte nicht mehr, was er sagen sollte.

»Hör mal, sag diesem Bengel, daß ich rüberkomme und ihn mir selbst hole – ihn und das Kilo.«

Als Jeb sich umwandte, sah er seine Mutter hinter sich stehen; sie hatte die Hände in einer Art verschränkt, die ihm sagte, daß sie mit ihm sprechen wollte. Wie lange war sie schon dagestanden?

»Dein Vater möchte mit dir reden.«

»Mit mir?«

»Mit uns allen. Das heißt, mit Dorry, mit dir und mit mir.«

»Und was ist mit Donald?«

»Mit Donald nicht. Nur mit der Familie.«

»Wo denn?«

»Oben. In unserem Schlafzimmer.«

Regina, Dorry und Jeb setzten sich auf das große Bett. Roger, der am Fenster stand, wandte sich zu ihnen um.

»Dies ist jetzt eine Familienkonferenz«, erklärte er.

»Aber Nancy ist nicht da«, sagte Dorry.

»Sie ist mit Bernice Plätzchen verkaufen gegangen«, sagte Regina. *Gott sei Dank!*

»Es tut mir leid, daß wir uns nicht im Wohnzimmer unterhalten können«, fuhr Roger fort, »aber dort gibt es keine Tür, die man zumachen kann. Wir haben Gäste an diesem Wochenende, und was ich zu sagen habe, ist nur für die Familie bestimmt.«

Roger hustete hinter der vorgehaltenen Hand. »Es ist etwas geschehen, was uns alle angeht, und deshalb habe ich euch hierher zitiert.«

»Was heißt das, zitiert?« erkundigte sich Dorry.

»Gerufen«, antwortete Jeb, der seinen Vater nicht aus den Augen ließ.

»Wir haben uns hier versammelt«, sagte Roger, »weil eine Familie in einer Krise zusammenhalten muß, ob es sich nun um eine gesundheitliche, finanzielle oder eine andere Krise handelt.«

Jeb wünschte, sein Vater werde bald zur Sache kommen. Donald wunderte sich sicher schon, wo er so lange blieb.

»Mutter und ich hatten ein besonders schönes Wochenende für euch geplant; ihr durftet eure neuen Freunde zum Übernachten einladen, sie konnten zu unserem Familienpicknick mitkommen, mit uns schwimmen, mit uns essen. Wie du« – er sah Jeb an – »und Dorry aber wißt, sind die Dinge bereits am ersten Abend ein wenig außer Kontrolle geraten. An Mutter und mir hat das nicht gelegen – im Gegenteil. Und wenn auch keiner von euch, Nancy eingeschlossen, sich ganz einwandfrei verhalten hat, so glaube ich doch, daß einfach die Gegenwart eurer Freunde...«

»Roger«, mahnte Regina behutsam, »ich glaube, du solltest zur Sache kommen.«

»Ja. Es hat leider einen Unfall gegeben.«

»Was für einen Unfall?« Jeb war aufgesprungen.

»Setz dich, Jeb. Dein Freund Greco hat euch etwas verschafft, was in diesem Land und in diesem Haus verboten ist. Ich habe ihm befohlen, dies Haus zu verlassen. Wie sich herausstellte, hatte er in diesem Haus große Mengen von Marihuana versteckt – wie lange, weiß ich noch nicht genau; ich hoffe auf eure Mitarbeit, wenn ich versuche, das herauszufinden. Im Bestiarium hatte er ein ganzes Kilo versteckt, und als ich ihm in den Heizungskeller folgte, wo er ein weiteres Kilo versteckt hatte, tat er etwas... Nun ja, er bedrohte mich mit einem Messer, mit einem Springmesser.«

Jeb war wieder aufgesprungen, da schnarrte an der hinteren Wand der Anschlußkasten für den Nebenapparat im Schlafzimmer. Jebs erster Gedanke war, daß Grecos Vater noch einmal anrief. Er nahm den rosa Apparat in die Linke, hob mit der Rechten den Hörer ab und merkte plötzlich, daß die Telefonschnur lose herabhing, daß sie nicht mit dem Anschluß verbunden war. Der Kasten schnarrte zum zweiten Mal.

Roger war schon zur Schlafzimmertür hinaus, während Regina, die ihm folgte, hastig zu den Kindern zurückrief: »Ihr beiden bleibt hier, verstanden?«

In der Küche nahm Roger den Hörer ab, wartete, bis seine Hand ruhig war, hob dann den Hörer ans Ohr und sagte in einem möglichst normalen Ton: »Ja, bitte?«

»Ich habe ein R-Gespräch für Sie von einem Harry Maxwell. Übernehmen Sie die Kosten?«

Harry! »Ja, natürlich«, antwortete Roger.

»Bitte, sprechen Sie.«

»Hallo, Dad!« Die Stimme vom Amt hatte nah geklungen, Harrys Stimme aber war weit entfernt.

»Wo bist du?«

Harry lachte verlegen. »Auf einem Polizeirevier in Brattleboro.«

Über den Hörer hinweg sah Roger Regina an. »Es ist Harry.« Mehr sagte er nicht.

»Dad, ich habe Ärger«, sagte Harry.

»Was hast du angestellt?« Er hatte gewußt, daß Harry eines Tages seinen Führerschein verlieren würde.

»He, Dad – bitte! Ich brauche jetzt 'ne freundliche Stimme. Ich habe nämlich einen Unfall gehabt, mit dem Austin.«

»Geht es dir gut?«

»Ja und nein.«

»Was soll das heißen?«

»Du, Dad, bitte! Neben mir stehen zwei Cops. Ich hab' fast 'ne halbe Stunde gebraucht, bis ich sie überreden konnte, mich telefonieren zu lassen.«

Wenn du noch reden kannst, dachte Roger, *bist du wesentlich besser dran als wir. Ich muß mich zwingen, ein Wort rauszubringen.*

Er hörte, wie Harry am anderen Ende zu irgend jemandem sagte: »Okay, okay!« Dann: »Dad? Ich war mit einem Mädchen im Wagen, von der Schule. Den Austin hat's auf ihrer Seite erwischt. Sie liegt im Krankenhaus. Sie untersuchen sie noch. Dad, ich bitte dich nicht gern, aber könntest du gleich hier raufkommen?«

»Harry? Das ist eine Fahrt von sechs oder sieben Stunden.«

»Die sagen hier, sie halten mich fest und erstatten Anzeige.«

»Warst du betrunken?«

»Ich hatte nur zwei Bier getrunken, Dad. Du weißt genau, daß ich nicht fahre, wenn ich getrunken habe.«

»Warum halten sie dich dann fest?«

»Sie behaupten, daß sie den Fahrer immer festhalten, solange ein Mitfahrer im Krankenhaus untersucht wird. Wahrscheinlich, weil sie abwarten wollen, welche Verletzungen er hat.«

»Was wird dir denn vorgeworfen?«

Er hörte, wie Harry schluckte, bevor er antwortete.

»Rücksichtsloses Fahren.« Und dann fügte er hastig hinzu: »Nur weil kein anderer Wagen an dem Unfall beteiligt war, sagen sie hier. Wir sind einfach gegen den Baum gefahren.«

»Ich begreife nicht, wie...«

»Dad, sie wollen mich nicht länger sprechen lassen.«

»Es ist doch ein R-Gespräch.«

»Wir blockieren die Leitung. Dad, ich kann nicht frei sprechen. Ehrlich, Dad – du *mußt* einfach kommen.«

»Ich möchte mit einem von den Beamten sprechen.«

Er hörte, wie das Telefon weitergegeben wurde, und dann meldete sich eine typische New-England-Stimme: »Sergeant Bledsoe.«

»Sergeant, hier spricht Roger Maxwell, der Vater des Jungen. Warum halten Sie ihn fest?«

»Mr. Maxwell, wir haben ihm geraten, einen ortsansässigen Anwalt zu nehmen. Wir haben ihm auch die Namen von vier oder fünf Anwälten gegeben, aber er will mit niemandem reden, bis er mit Ihnen gesprochen hat. Hier ist er wieder.«

»Augenblick, Sergeant...« Aber er war schon fort. Harry kam wieder an den Apparat.

»Dad, es ist wirklich unmöglich, über alles am Telefon zu sprechen. Kannst du nicht herkommen?«

»Harry, du mußt mir sagen, was passiert ist!«

»Das tu ich auch – sobald du hier bist und wir allein sind. Bitte!«

»Harry, ich kann nicht.«

»Häng nicht auf, Dad! Hör mal, Dad, dieses Mädchen, Susan, die im Krankenhaus ist, die ist ziemlich modern, weißt du... sexuell, meine ich...« Dieses Wort war am schwierigsten auszusprechen gewesen.

»Warst du am Steuer?«

»Es ist so schwer zu erklären...«

Eine Weile herrschte Schweigen.

»Dad, all diese Anwälte, die sind von hier. Die haben bestimmt kein Verständnis, das hat hier ganz sicher kein Mensch. Ich brauche einfach einen von der Familie, der mir rät, was ich machen soll, und Mutter kann das eben nicht tun, weil... Na ja, die Umstände, begreifst du nicht? Außerdem würde sie die weite Fahrt niemals allein machen, das weißt du.«

»Ich schicke dir telegrafisch Geld«, sagte Roger.

»Darin liegt das Problem nicht. Dad? Bitte!«

»Es geht nicht darum, daß ich nicht will – ich *kann* jetzt einfach nicht hier weg, Harry. Ich würde alles tun, um dir zu helfen, aber im Augenblick geht es nicht.«

Harrys Stimme klang plötzlich sehr dumpf. »Ich hätte nie gedacht, daß du mich im Stich läßt. Kann ich bitte mit Mutter sprechen?«

Sein ältester Sohn hatte mit ihm gebrochen. Roger reichte Regina das Telefon.

»Harry«, fragte sie, »was ist passiert?«

»Ich hab's Dad erklärt. Ich kann wirklich nicht länger sprechen. Ich stecke in der Klemme. Der Austin ist hin. Das Mädchen, das dabei war, ist im Krankenhaus. Dad muß den Versicherungsmann anrufen und herkommen und mir einen Anwalt besorgen. Er muß mir sagen, was ich machen soll... Bist du noch da?«

Regina hielt den Apparat von sich weg, weil sie im Keller einen durchdringenden Schrei gehört hatte.

»Was war das?« fragte Harry am anderen Ende der Leitung.

Roger wurde aschgrau im Gesicht. Im Keller hörte er Jeb immer wieder schreien, und dann polterten Schritte – Donalds? Dorrys? Die seiner Freunde? – die Treppe hinab.

Regina nahm den Hörer wieder ans Ohr.

»Großer Gott, was ist bei euch los?« fragte Harry entsetzt.

»Ach, Harry, Baby – es ist einfach schrecklich«, antwortete seine Mutter.

Das waren die letzten Worte, die Harry in Brattleboro hörte, bevor die Verbindung abriß. Roger hatte Regina den Hörer abgenommen und ihn auf die Gabel gelegt.

»Du mußt runtergehen«, sagte Regina ruhig.

»Ich weiß.«

Da klingelte das Telefon.

»Laß es klingeln«, sagte Roger.

»Und wenn's Mr. Thomassy ist?« fragte Regina.

Es klingelte zum zweiten Mal.

»Das ist nur Harry, der noch mal anruft. Laß es klingeln.«
Sie wünschte, Roger würde endlich gehen.
Er sah, daß sie versucht war, den Hörer abzunehmen, als der Apparat
abermals klingelte. Er schüttelte den Kopf. Kaum war Roger jedoch auf
der Kellertreppe, griff Regina nach dem Hörer, aber die Leitung war schon
wieder frei. Der Anrufer hatte es aufgegeben.
Sie folgte Roger in den Keller. Ihr Leben begann sich zu verwirren wie
ein in Unordnung geratenes Garnknäuel.

10

Sie waren alle, wie eine Trauergemeinde, schweigend um Grecos Leiche
versammelt: Jeb, Donald, Dorry, Kenny, Mike. Die drei jüngsten starrten
Greco mit entsetzten Blicken an. Sein Gesicht war grau geworden, als
habe sich eine feine Aschenschicht auf die schwarze Haut gelegt. Donald
versuchte, Jeb zu trösten, als wäre dieser der nächste Angehörige des Ver-
storbenen. Jeb wandte sich schwer atmend, vom Schreien erschöpft, zu
seiner Mutter und seinem Vater um, die in den Heizungskeller kamen.
»Dad wird euch erklären, wie es passiert ist«, sagte Regina und trat vor,
um ihrem von Kummer geschlagenen Sohn den Arm um die Schultern
zu legen. Doch Jeb, mit verweinten, zornigen roten Augen, schüttelte ihren Arm ab, als wollte er sich nicht schmutzig machen.
»Aber du verstehst ja nicht«, sagte Regina.
»Das habt ihr mein ganzes Leben lang gesagt – du verstehst nicht«, antwortete Jeb. »Ich bin kein kleines Kind mehr. Ich verstehe viel mehr, als
ihr glaubt. Den da kenn' ich!«
»Er ist dein Vater!«
»Das gibt ihm noch lange kein Recht, rumzulaufen und jeden umzubrin-
gen, den er in die Finger kriegt, nur weil er ihn nicht ausstehen kann oder
was weiß ich – ist es nicht so? Ist es nicht so?«
»Er hat Greco zu fest geschlagen«, sagte Dorry.
Mit klopfendem Herzen schloß Roger die Kellertür hinter sich. »Wir wol-
len das doch mal vernünftig besprechen«, meinte er.
»Ich scheiß' auf deine Vernunft!« erklärte Jeb.
»Dein Vater wartet auf einen Anruf von seinem Anwalt«, erklärte Re-
gina.
»Ich scheiße auf seinen Anwalt!«
»So darfst du nicht sprechen«, mahnte Regina.
»Er hat Greco umgebracht. Er ist ein Mörder!«

»Es war Notwehr«, sagte Regina.

Roger trat einen Schritt vor. Dorry und seine Freunde wichen zurück, bis sie hinter Jeb standen. Suchten sie bei ihm Schutz, ergriffen sie seine Partei?

»Jeb«, begann Roger, »bitte, begreif doch! Er ging mit dem Messer auf mich los und...«

»*Du* bist die ganze Zeit, das ganze Wochenende, auf *ihn* losgegangen! Alle hier haben das gesehen«, schrie Jeb. »Tut dies, tut das, räumt auf, macht sauber, schneid den Rasen, los, los, los, als wären wir deine Sklaven!« Seine Stimme wurde schrill. »Dir ist es scheißegal, was passiert, solange nur alles nach deinem Kopf geht.«

Mein Sohn wird gegen mich aussagen. Und er wird seine Freunde dazu überreden, ebenfalls gegen mich auszusagen.

»Jeb«, sagte er, »wir alle sind von diesem unglücklichen Zwischenfall betroffen. Wenn wir jetzt im Zorn das Falsche tun, kann nichts den Schaden wiedergutmachen, den wir einander noch zufügen. Die Familie wird zerbrechen. Wohin willst du jetzt?«

»Zu den Nachbarn.«

»Das wirst du nicht tun.«

»Ich rufe die Polizei.«

»Mutter wird die Polizei rufen.« Er legte Jeb die Hand auf die Schulter.

»Nimm deine Hand weg, du Scheißmörder!«

Roger nahm seine Hand fort. Er stand mit dem Rücken vor der Tür.

»Mach Platz!« sagte Jeb.

Zum ersten Mal in seinem Leben hatte Roger Angst vor dem eigenen Sohn. Er mußte möglichst schnell etwas unternehmen. »Regina«, stammelte er, »um... um Gottes willen, stell dich hierher, wo ich stehe. Nur für zwei Minuten – bitte!«

Sie konnte es ihm nicht abschlagen; sie nahm seinen Platz ein, während er rasch hinausging und die Tür fest ins Schloß zog.

»Mach schnell!« bat sie noch.

»Mutter, bitte, geh mir aus dem Weg.«

»Jeb.« Ihre Stimme bebte zwar, doch lag eine Kraft darin, zu der sie nur selten fähig war. »Überlaß es den Erwachsenen, mit dieser Angelegenheit fertig zu werden.«

»Donald«, sagte Jeb, »hilf mir, meine Mutter von dieser verdammten Tür wegzubringen.«

Donald schüttelte den Kopf.

»Bitte«, sagte Regina, »keine Gewalttätigkeiten mehr!«

»Das solltest du *ihm* sagen! Dad war hinter Greco her!«

»Das ist nicht wahr! Wahr ist vielmehr, daß Greco mehrere Kilo Marihuana in diesem Haus versteckt hatte.«

»Na und?«

»Das ist verboten. Er war ein Dealer, und du wußtest es.«

»Mord ist ebenfalls verboten.«

»Dein Vater hat nicht gemordet. Greco wollte ihn erstechen.«

»Das glaube ich nicht! Ich hab' noch nie gesehen, daß Greco jemandem was getan hat.« Erschöpft wurde Jeb klar, daß er log. Er hatte gesehen, wie Greco Jüngere behandelte, die ihn nicht rechtzeitig bezahlt hatten.

»Wir stecken doch alle zusammen hier drin«, sagte Regina.

In der Küche wühlte Roger hastig in dem Durcheinander verschiedener Werkzeuge und Eisenwaren, die sich im Laufe der Jahre angesammelt hatten, bis er den Riegel und das Vorhängeschloß fand, nach denen er suchte.

Mit einem Schraubenzieher bewaffnet, den Riegel in der Hand, stieg Roger die Kellertreppe hinunter. Im Heizungskeller hörte er die erregten Stimmen. Er arbeitete rasch, mechanisch, vier Schrauben auf der einen Seite, zwei auf der anderen. Und dann noch zur Sicherheit für jede Schraube eine Extraumdrehung.

»Regina!« rief er.

»Ja?«

»Komm her!« Er hielt ihr die Tür auf. Kaum war sie hindurch, warf er sich mit seinem ganzen Gewicht gegen die schwere Tür und bat sie, sich mit dem Rücken dagegenzustemmen. Roger schob den Riegel vor, hängte das Vorhängeschloß ein, verschloß es und zog den Schlüssel ab.

»So!« sagte er.

Gerade als Regina sich von der Tür löste, kam von der anderen Seite ein schwerer Stoß.

»Die gibt nicht nach«, versicherte Roger. »Die Tür ist sehr schwer. Da müßten sie schon den ganzen Rahmen sprengen.«

In der Küche läutete das Telefon. »Bitte, geh du dran«, sagte Roger und jagte die Treppe hinauf. »Ich muß schnell nachsehen, ob auch die äußere Kellertür verschlossen ist.«

Vor dem dritten Läuten nahm Regina den Hörer ab.

»Hier ist Ihre Verbindung«, sagte die Vermittlung.

Regina hörte, wie Geldstücke eingeworfen wurden, zuerst ein paar Quarter, dann ein Dime, zuletzt ein Nickel.

»Bitte sprechen«, sagte die Vermittlung.

»Hier ist George Thomassy. Mein Auftragsdienst hat mir ausgerichtet, daß ich dringend Mr. Maxwell anrufen soll.«

»Vielen Dank, daß Sie sich melden. Ich hole ihn.«

Roger kam gerade von draußen herein.

»Alles abgeschlossen«, berichtete er. »Thomassy?«

Sie reichte ihm das Telefon.

»Roger Maxwell«, meldete er sich.

»Ich hab's vorhin schon mal versucht«, erklärte Thomassy, »aber da hat sich niemand gemeldet. Ich hab' noch mal die Nummer nachprüfen lassen. Was gibt's denn?«

»Tut mir leid, ich konnte nicht rechtzeitig an den Apparat kommen.«

»Mr. Maxwell, ich bin in Danbury, Connecticut, und mir geht allmählich das Kleingeld aus.«

»Wir haben uns zwei- oder dreimal getroffen, Mr. Thomassy. Vielleicht erinnern Sie sich an mich. Bei Gordon Tillings. Gewöhnlich kümmert der sich um meine juristischen Angelegenheiten, aber er sagt, Sie wären der beste Strafverteidiger der ganzen Gegend.«

Roger glaubte fast, Thomassys Ungeduld in der Leitung knistern zu hören.

»Ich habe da ein Problem«, fuhr er fort. »Ich brauche Ihren Rat. Auf Ihrem Spezialgebiet.«

»Ich habe kein Spezialgebiet. Straftat ist Straftat. Wenn Sie am Montag in meiner Kanzlei anrufen, wird Ihnen meine Sekretärin gern einen Termin geben.«

»Es ist aber dringend. Sehen Sie...« Er wußte nicht, wie er es am Telefon erklären sollte.

»Ich rufe von einer Fernsprechzelle an, Mr. Maxwell, und meine Münzen sind fast aufgebraucht.«

»Bitte, legen Sie nicht auf!«

»Warum diese Eile, Mr. Maxwell? Am Montag...«

»Hören Sie, es mag Ihnen merkwürdig vorkommen, aber in meinem Keller liegt ein toter Junge.«

Die Vermittlung meldete sich wieder. Hatte sie etwa mitgehört?

»Ihre drei Minuten sind vorbei.«

»Vermittlung«, rief Thomassy, »ich kann keine Dollarscheine in dieses Ding hier stecken und habe so gut wie kein Kleingeld mehr.«

»Vermittlung«, sagte Roger, »kann ich nicht die Kosten für das Gespräch übernehmen?«

»Legen Sie doch einfach auf, und rufen Sie von Ihrem Apparat aus an.«

Er konnte ihr nicht erklären, daß er fürchtete, Thomassy könnte verärgert die Telefonzelle verlassen haben. *Ich weiß die Nummer der Telefonzelle nicht.*

»Von welcher Nummer aus rufen Sie an?« fragte Roger.

»Vermittlung«, sagte Thomassy, »ich kann die Nummer hier nicht lesen. Hier waren Rowdies in der Zelle und haben die Nummer abgekratzt. Würden Sie bitte« – in seinem Ton lag unnachgiebige Autorität – »die Kosten für den Rest dieses Gespräches dem Teilnehmer in Westminster anrechnen? Sonst geben Sie mir bitte Ihre Aufsicht.«

»Wie Sie wollen. Welche Nummer hatten Sie angerufen?«

»Verdammt, die Nummer haben Sie! Ich habe sie Ihnen gegeben, als ich das Gespräch anmeldete!«

»Sie haben null und dann die Nummer gewählt.«

Roger gab der Vermittlung seine Nummer.

Als sie sich ausschaltete, fragte Thomassy: »Sie sagten gerade?«

»Ein toter Junge, in meinem Keller.«

»Hab' ich gehört. Berichten Sie mir die näheren Umstände. Nur die Fakten.«

»Ich hatte... Wissen Sie, ich hatte...«

»Ja?«

»Ich glaube, ich habe ihn umgebracht.«

»Ein Einbrecher?« fragte Thomassy.

»Nein, er war bei uns zu Besuch. Ein Bekannter meines Sohnes. Sehen Sie, eigentlich ist er gar kein Junge mehr. Er ist... er war... neunzehn. Ein Schwarzer. Er ging mit dem Messer auf mich los. Man kann es so schwer erklären. Sehen Sie, er hatte große Mengen Narkotika in meinem Haus versteckt...«

»Was hatte er versteckt?«

»Marihuana.«

»Marihuana, Mr. Maxwell, ist kein Narkotikum.«

»Aber es ist verboten. Er war ein Dealer. Er hat das Zeug direkt an meiner Haustür verkauft.«

»Wie lange ging das denn schon so?«

»Mr. Thomassy, können Sie herkommen?«

»Ich bin fast eine Autostunde entfernt. Hören Sie, Mr. Maxwell, was Sie sagen, ist nicht sehr klar. Ist die Polizei schon bei Ihnen gewesen?«

»Ich habe die Polizei nicht gerufen.«

»Zum Teufel noch mal, warum denn nicht?«

»Weil ich zuerst mit einem Anwalt sprechen wollte.«

»Hören Sie, Mr. Maxwell, ich sitze im Augenblick bis über beide Ohren in unerledigten Fällen, und Sie brauchen jetzt sofort jemanden. Notieren

Sie sich folgende Namen und Nummern. Es sind allesamt gute Anwälte. Die wohnen in Ihrer Nähe, und jeder ist in der Lage, Ihnen zu helfen.«

»Ich will aber Sie, Mr. Thomassy. Ich kann es mir nicht leisten, unter Umständen verurteilt zu werden.«

»Und ich kann es mir nicht leisten, mein Wochenende zu verderben. Die junge Dame, die ich bei mir habe, hat nicht immer Zeit für mich.«

»Ich sorge dafür, daß es sich für Sie lohnt. Zweitausend Dollar Vorauszahlung.«

»Ich weiß nicht mehr, welchen Beruf Sie ausüben. Sie sind – was?«

»Banker.« Das Wort klang komisch.

»Bei welcher Bank?«

Er sagte es ihm und nannte seine Position. »Sie sehen also«, ergänzte Roger, »ein Skandal würde mich ruinieren.«

»Wann ist dies alles passiert?«

Roger sah auf seine Uhr. »Ungefähr vor einer Stunde.«

»Großer Gott! Und Sie haben noch nicht die Polizei gerufen?«

»Ich brauche Ihren Rat. Wegen der besonderen Umstände.«

»Was sind das für Umstände?«

»Es war Notwehr.«

»Wieso machen Sie sich dann Gedanken?«

»Ich gebe Ihnen fünftausend.«

»Vorauszahlung?«

»Vorauszahlung.«

Er hörte, wie Thomassy die Tür der Telefonzelle öffnete. »Schätzchen«, sagte er, »fünftausend Dollar, wenn wir unseren Ausflug verschieben.« Den Rest konnte Roger nicht mehr verstehen. Dann war er wieder am Apparat. »Mr. Maxwell?«

»Ja?«

Warum war der Hörer so feucht?

»Es dauert mindestens vierzig oder fünfundvierzig Minuten, bis ich dort bin – wenn ich rase.«

»Ich bin Ihnen unendlich dankbar!«

»Wer ist außer Ihnen im Haus?«

»Meine Frau, drei meiner Kinder und ein paar Wochenendgäste.«

»Welche Wochenendgäste?«

»Kinder. Ich meine, Freunde von meinen Kindern.«

»O Gott!« sagte Thomassy. »Wissen sie Bescheid?«

»Leider ja.«

»Haben Sie Vorstrafen? Für irgend etwas?«

»Natürlich nicht!«

»Nichts für ungut. Wie ist Ihre Adresse?«

Roger gab sie ihm und wollte, wie üblich, den Weg beschreiben.

»Nicht nötig, ich weiß, wo es ist. Also, hören Sie, halten Sie die Stellung, bis ich dort bin. Ich darf Ihnen nicht raten, die Polizei nicht anzurufen. Sie sollten anrufen. Aber das müssen Sie selbst entscheiden.«

»Ich verstehe.«

Am anderen Ende der Leitung klickte es. Kein auf Wiedersehen, gar nichts.

»Kommt er?« fragte Regina.

Roger nickte.

»Wie lange braucht er, bis er hier ist?«

»Nicht lange«, log Roger.

Er überlegte, ob er ihr etwas von den fünftausend Dollar Vorauszahlung sagen sollte, die er Thomassy versprochen hatte. Lieber nicht.

»Ich muß mich vergewissern, ob die Kellertür noch hält.«

Im Wohnzimmer nahm Regina, die Nichtraucherin, eine Zigarette aus der schwarzen Lackdose, welche immer für Gäste bereitstand, und zündete sie an. Sie schmeckte scheußlich. Regina drückte sie aus und ging in die Bibliothek, um die Polizei anzurufen.

11

Regina saß neben dem Telefon. Sie wußte, wenn sie den Hörer abnahm und die Polizei anrief, würde es höchstens eine Minute dauern, dann hatte sie es hinter sich. Ihre Hand zögerte nur aus Furcht davor, daß das, was sie jetzt tun wollte, etwas Unwiderrufliches war.

Als Mädchen hatte sie Großvater Marcus Allen immer sagen hören: »Kind, sei vorsichtig, wenn du eine Lüge aussprichst. Vor Gott kannst du jederzeit alles gutmachen und dich reinwaschen, indem du bereust und die Wahrheit sagst. Aber wenn du einem Menschen schadest, dann ist das unwiderruflich, und keine Reue wird etwas Unwiderrufliches ungeschehen machen.«

Diese Warnung aus Kindertagen hatte sie ihr Leben lang begleitet. Irgendwie hatte sie ihre Unberührtheit als etwas betrachtet, was sie infolge von etwas Unwiderruflichem verlieren würde. Und viel später hatte sie sich dann auf das Unwiderrufliche gefaßt gemacht, das ihr das Telefon bringen würde: daß Roger von einem Lastwagen angefahren worden, daß eins der Kinder in der Schule aus dem Fenster gefallen sei. In ihrer Phantasie hatte Regina sich vorgestellt, wie ein Polizist an ihre Haustür kommt und ihr mitteilt, daß Roger irgendwo auf der Straße zusammengebrochen sei, und sie hatte genau gewußt, falls dieser Polizist kommt, sagt er bestimmt nicht, Roger liege im Krankenhaus und werde wieder zusammengeflickt, sondern es sei etwas Unwiderrufliches geschehen. Niemals war sie auf den Gedanken gekommen, Roger könne etwas Unwiderrufliches zustoßen, er aber weiterhin am Leben bleiben.

Es *war* ein Unfall gewesen. Und wenn Roger nichts Unrechtes getan hat, dann war es ein Fehler, noch länger zu warten, bis man die Polizei benachrichtigt, nicht wahr? Jede weitere Verzögerung signalisiert doch Schuldbewußtsein. Roger kann jetzt, im Gegensatz zu sonst, einfach nicht richtig klar denken, sonst hätte er bestimmt schon lange selbst angerufen.

Sie wählte.

Sofort nach dem ersten Läuten meldete sich eine Stimme: »Patrolman Beverly.«

»Ach, Verzeihung«, sagte Regina, »ich habe Ihren Namen nicht verstanden.«

»Beverly«, wiederholte die Stimme. Der Mann schien sich zu ärgern, daß er seinen Namen noch einmal angeben mußte.

»Hier spricht Mrs. Roger Maxwell, Fox Lane.« Sie hinterging Roger nicht; später würde er ihr dankbar sein. Es geschah zu seinem eigenen Besten.

»Ja, Mrs. Maxwell?«

Am anderen Ende der Leitung hörte sie andere Telefonapparate läuten, hörte sie andere Stimmen im Hintergrund sprechen. Er schien in Eile zu sein. Er konnte natürlich nichts wissen.

»Wir brauchen einen Polizisten.« Damit machte sie sich selbst zur Mitschuldigen.

»Was ist denn passiert, Mrs. Maxwell?«

»Ich glaube, es ist besser, wenn sofort ein Polizeibeamter herkommt. Mehr kann ich Ihnen wirklich nicht sagen. Das zweite Haus rechts in der Fox Lane, an der Einfahrt steht der Name.«

Sie legte auf.

Jetzt müssen sie doch kommen – oder nicht?

Regina stieg die Treppe zum ersten Stock hinauf und ging, jedes Bild an der linken Wand mit den Fingern berührend, den Flur entlang zu ihrem Schlafzimmer.

Dort stand Roger auf dem Hocker zu ihrem Toilettentisch und holte etwas aus dem obersten Schrankfach.

»Was suchst du, Liebling?«

Er hatte es schon gefunden. Als er sich umdrehte, sah sie den Revolver in seiner Hand. O Gott, warum hatte er das Ding bloß behalten?

Roger stieg vom Hocker, rückte ihn ein Stück weiter, stieg wieder hinauf, suchte mit der freien Hand in einem Schuhkarton, fand das Magazin, sprang vom Hocker, schob das Magazin in die Waffe und steckte sie in die Tasche.

»Was hast du vor?« fragte Regina.

Ohne Antwort ging er an ihr vorbei.

»Roger?«

»Ich habe gehört, wie du die Polizei angerufen hast.«

»Ich dachte, das wäre notwendig.«

»Ich hatte dir nicht gesagt, daß du es tun sollst.«

»Ich wollte dir den Anruf ersparen.«

»Vielen Dank.«

»Roger, was immer geschieht, es trifft uns beide.«

»Sie werden mich holen, nicht dich.«

»Bitte, Roger, leg nicht diese Distanz zwischen *uns*.« Sie sprach dieses Wort aus, als sei es der Name einer Person. »Sei bitte vernünftig. Schließlich habe ich nur gesagt, daß wir hier einen Polizisten brauchen.«

»Ich bin niemals vernünftiger gewesen. Was wird dieser Polizist tun?«

»Du erzählst ihm, was passiert ist.«

»Er wird hören wollen, was die Kinder sagen. Er wird sich die Leiche ansehen.«

»Roger – bitte!«

»Er wird mich mitnehmen, und alle Nachbarn werden es sehen.«

»Das muß nicht so sein.«

»Sie werden mir Fingerabdrücke abnehmen, sie werden mich einlochen, und dann bin ich polizeibekannt. Für die Presse ist das ein gefundenes Fressen: ›Banker verhaftet!‹ Das ist das Ende!«

»Ist es doch nicht.«

»Du hast mich ruiniert. Du hast es mir unmöglich gemacht, weiterhin hier zu leben. Du hast mich getötet!«

Er klang wie bei Jeb. In diesem Augenblick sah er sogar auch aus wie Jeb. Sie machte die Schlafzimmertür zu.

»Roger, bitte, setz dich aufs Bett.«

»Du hättest warten sollen, bis Thomassy da ist«, sagte er.

»Pack den Revolver wieder fort. Du würdest ihn doch niemals gegen einen Menschen verwenden, nicht wahr?«

Er sah zu ihr auf, ein Junge, der gern in ihren Armen geweint hätte. Er schüttelte den Kopf.

»Bitte!« fuhr sie fort. »Du bist kein Mann, der davonläuft.«

Durchs Fenster sah sie Nancy und Bernice die Einfahrt heraufkommen, vertieft in ein gemeinsames Komplott gegen die nichtswürdige menschliche Rasse.

»Die Kleinen kommen«, sagte sie. Als sie sich umdrehte, sah sie Rogers Gesicht, zutiefst erschöpft, die müden Augen voll Angst.

»Eines halte dir immer vor Augen«, bat sie ihren Mann flehentlich.

»Du mußt dich verhalten wie ein Mensch, der in einen Unfall verwickelt war. Was du getan hast, war unvermeidlich.«

»Ich... ich...« Es klang hoffnungslos.

»Bitte«, sagte sie noch einmal, »überlaß in den nächsten Minuten das Reden mir.«

Jetzt sah sie durchs selbe Fenster einen blau-weißen Polizeiwagen in das obere Ende der Fox Lane einbiegen.

Als Regina zur Haustür hinunterlief, hörte sie Roger hinter sich herstolpern. Sie wünschte – o Gott, wie sie es wünschte! –, daß er den Revolver nicht mehr in der Tasche hätte.

Nancy und Bernice kamen gerade die Eingangsstufen herauf, als sie die Haustür öffnete.

»He, Mom – stell dir vor!« schrie Nancy begeistert. »Alles verkauft!«

Regina brauchte eine Sekunde, bis sie sich wieder daran erinnerte, daß Nancy und ihre Freundin jede mit einem Armvoll Plätzchentüten das Haus verlassen hatten. Jetzt wühlte die erfolgreiche Unternehmerin in ihrer Tasche, um das eingenommene Geld vorzuzeigen.

Als der Polizeiwagen von der gepflasterten Straße in die geschotterte Einfahrt abbog, drehten sich die Mädchen um.

Der Polizist hielt den Wagen zehn Meter vor der Familiengruppe an. Als der Beamte seine kräftige Gestalt hinter dem Lenkrad hervorzwängte, erinnerte sich Roger, daß es derjenige war, der den Verkehr in der Stadtmitte regelt. Er war älter als die meisten anderen Beamten, beinahe schon in Rogers Alter, und neigte zur Fülle. Sein träges Gesicht schien nur eines zu verlangen: ihm keine Schwierigkeiten zu machen, damit er in aller Ruhe den Tag übersteht.

»Sind Sie die Dame, die angerufen hat?«

Regina warf einen Blick auf Rogers ausdrucksloses Gesicht.

»Ja«, antwortete sie.

»Was ist denn los?«

»Nun ja, es war... Hört mal zu, Nancy, Bernice, ihr geht ins Haus, verstanden?« Sie wartete, bis die Mädchen durch die Tür verschwunden waren.

»Es handelte sich um einen Familien... na ja, so eine Art Familienstreit. Ist aber inzwischen wieder in Ordnung.«

Der Polizist musterte Roger. Der Mann sah nicht aus wie der Typ, der seine Frau verprügelt. Die Sorte wohnte am anderen Ende der Stadt: Fernfahrer, Bahnarbeiter. Aber sicher, man wußte ja nie. Überraschungen gab es immer.

»Darf ich mal rein?« fragte er.

Roger mußte beiseite treten. Einer von den jüngeren Polizisten wäre ihm lieber gewesen; mit denen konnte er fertig werden; denen konnte er klarmachen, daß ihre Anwesenheit nicht länger notwendig war. Diesen Cop mit den fülligen Wangen aber speiste man am besten mit möglichst wenig Worten ab.

»Ihr zwei«, wandte sich der Polizist an Nancy und Bernice, die hinter der Haustür stehengeblieben waren, um zu hören, worum es hier eigentlich ging. »Ihr jungen Damen!«

Lächelnd kamen sie wieder ins Zentrum der Szene.

»Geht's euch gut?« fragte der Polizist, der seine Blicke in der Halle umherwandern ließ, um zu prüfen, ob er etwas Verdächtiges sehen konnte.

»Klasse!« antwortete Nancy, die nicht genau wußte, ob sie ihm von ihrem Erfolg beim Plätzchenverkauf berichten sollte. Irgendwo hatte sie mal gehört, daß man an den Haustüren nur mit einem Gewerbeschein verkaufen durfte. Sie wollte sich aber keinen Gewerbeschein holen. Das war nur rausgeschmissenes Geld, oder?

»Alles in Ordnung?« fragte der Polizist. Gewöhnlich waren es die Kinder, die am meisten darunter litten, wenn ein Familienstreit in Gewalttätigkeiten ausartete.

Nancy sah ihre Mutter an. Regina zwang sich zu einem Lächeln. Nancy nickte.

»Und was ist mit dir?« wandte sich der Polizist an Bernice.

»Ich bin zu Besuch«, antwortete Bernice.

»Und wo wohnst du?« erkundigte er sich.

Sie sagte es ihm. Er nickte. Auch eine gute Gegend. Dieses Haus muß ganz schön viel Piepen gekostet haben, dachte er. Möchte wissen, was der Mann ist.

»Verzeihung, Sir«, sagte er zu Roger, »arbeiten Sie hier in der Nähe?« Manchmal brachte man durch Verzögerungstaktik Dinge ans Licht, die nicht ans Licht kommen sollten.

Roger räusperte sich. »Nein, ich arbeite in der City.« Er wollte den Namen der Bank nennen, entschied sich aber dagegen.

»Pendler?«

»Ja«, antwortete Roger. »Ich bin Banker.«

Dem Polizisten war die Erleichterung deutlich anzusehen. Er hatte schon eine Menge von Unmöglichen gehabt, wie er sie nannte, Werbemanager, Verleger, Schauspieler, die von Zeit zu Zeit Ärger hatten. In all seinen Dienstjahren hatte er jedoch noch nie mit einem Banker Schwierigkeiten gehabt. Einmal hatte er einen Arzt gehabt, einen dämlichen Kerl, der süchtig war und den Schlüssel zu seinem Drogenschrank verloren hatte. Der hatte beim Aufbrechen des Glasschrankes in seiner eigenen Praxis so viel Lärm gemacht, daß irgend jemand die Polizei rief. Okay, vielleicht war dieser Banker laut geworden. Vielleicht hielten das die Frauen von Bankern für einen ausreichenden Grund, die Polizei zu rufen.

»Na schön, wenn Sie wirklich glauben, daß ich hier nicht mehr gebraucht werde, will ich mal weiterfahren«, sagte er, einen nach dem anderen musternd. »Die Polizei, dein Freund und Helfer«, fügte er hinzu, weil er den Satz immer so schön fand. Diese Leute würden in diesem Jahr mehr als üblich zur Weihnachtssammlung beisteuern.

Sobald sie allein in der Küche waren, küßte Roger Regina auf die Wange.

»Danke«, sagte er liebevoll. »Thomassy muß bald hier sein.«

12

»Fahr nicht so schnell«, sagte die Frau zu Thomassy. »Du fährst ja achtzig.«

Er warf einen Blick in den Rückspiegel. »Kein Cop zu sehen.«

»Gehorchst du den Cops oder dem Gesetz?« fragte die Frau.

»Was glaubst denn du?«

»Ich glaube«, antwortete sie, weil sie sah, daß er den Fuß nach wie vor fest auf den Gashebel drückte, »daß du nur Jura studiert hast, um herauszufinden, wie man am besten die Vorschriften umgeht, nach denen die anderen Menschen leben müssen.«

Thomassy lachte.

»Warum lachst du?« fragte die Frau.

»Ich hab's dir doch schon gesagt. Du tust ausgekocht, aber du bist naiv. Kein Mensch richtet sich nach den Gesetzen. Sie richten sich alle nur nach der menschlichen Natur. Das bringt uns Anwälten das Geld für den Lebensunterhalt ein.«

»Bitte, fahr langsamer!« sagte sie.

Er lockerte den Druck auf das Gaspedal. »Das ›Bitte‹ war das Zauberwort.«

»Du bist ein Gentleman.«

»Niemals!«

Die Frau wußte, daß ihre Verbindung mit diesem Mann im metallic-grauen Thunderbird nur eine vorübergehende war, weil alle seine Verbindungen vorübergehenden Charakter besaßen. Frauen waren Fallstudien für ihn. Sie würde nie so viel über sein früheres Leben erfahren, daß sie erraten konnte, weshalb.

»Mach deine Beine breit«, befahl er.

Instinktiv nahm sie die Knie ein wenig auseinander.

»Warum hast du das gesagt?«

»Nur ein Test.«

»Wieso?«

»Ich wollte sehen, ob du gehorchst. Du hast es getan.«

»Wozu soll das gut sein?«

»Ich glaube, das weißt du.«

»Was soll ich wissen?«

»Wenn eine Frau gehorsam wird, so ist das ein Gefahrenzeichen für mich. Du hast mich gewarnt, nicht zu schnell zu fahren. Jetzt habe ich dich gewarnt. Fair play.«

»Du bist eine Ratte«, sagte sie.

Er sah sie an. Sie lächelte.

»Die meisten Männer, mit denen ich gegangen bin«, sagte sie, »waren vorher ganz anders als nachher, wenn sie mich für ihr Eigentum hielten. Du warst von der ersten Minute an so wie die andern hinterher.«

»Du schätzt mich falsch ein.«

»Du bist wieder auf achtzig.«

»Tut mir leid.« Er ließ das Gaspedal los. »Ich sorge nur von Anfang an dafür, daß du keinem Irrtum verfällst.«

»In welcher Hinsicht?«

»Die meisten Frauen, die ich kennenlerne, glauben, ich sei ihr Eigentum, solange sie mich hinhalten. Ich glaube aber, kein Mensch ist je das Eigentum eines anderen.«

»Hast du deswegen nicht geheiratet?«

»Vielleicht.«

»Hast du auch bestimmt nichts dagegen, daß ich rede, wenn du fährst?«

»Entweder du oder das Autoradio.«

»Soll ich das Radio anstellen?«

»Nein.«

Er warf einen kurzen Blick in den Rückspiegel. Die blaue Limousine auf der Nebenfahrbahn holte auf. Neutraler Wagen. Thomassy wurde langsamer. Er hat bestimmt noch keine Zeit gehabt, meine Geschwindigkeit zu stoppen.

Die Frau drehte den Kopf, um zu sehen, was los war. Der blaue Wagen kam näher. Der Fahrer war ein blonder junger Mann, der einmal zu ihnen herüberblickte und dann vorbeirauschte.

»Wieso glaubst du, daß das ein Cop ist?«

»Neben ihm auf dem Sitz liegt seine Mütze.«

»Woher weißt du das?«

»Es ist mein Beruf, alles zu wissen, zumal ich so gerne schnell fahre. Ich hab' keine Zeit für ein Strafmandat.«

»Warum übernimmst du diesen verdammten Fall?«

»Hab' ich dir doch gesagt: fünftausend Dollar.«

»Du tust wohl nie was nur wegen dem Fall selbst, wie?«

Thomassy lächelte.

»Stimmt's?«

»Stimmt«, gab er zu. »Ich mag gescheite Frauen.«

»Danke. Du hast mir immer noch nicht gesagt, warum du den Fall übernimmst.«

»Nun ja«, sagte Thomassy, der wieder schneller wurde, weil der Polizist an einer Ausfahrt abgebogen war, »dieser Banker, der mich angerufen hat, ist eine Jungfrau.«

»Was soll das heißen?«

»Rate mal.«

»Frustrier mich nicht so! Schieß schon los.«

»Die meisten Typen, die einen Strafverteidiger brauchen, haben ihr Leben lang gegen die Gesetze verstoßen, und wenn sie zu mir kommen, dann nur, weil sie einmal zu oft geschnappt worden sind. Dieser Maxwell dagegen, der schummelt vermutlich nicht mal beim Kartenspielen, falls er überhaupt Karten spielt. Er wundert sich über die Klemme, in der er steckt. Das verspricht, interessant zu werden. Ich liebe Jungfrauen.«

»Ich bin keine.«

Sekundenlang legte er ihr die Hand aufs Knie. »Ich dachte an einen bestimmten Menschentyp, nicht an Frauen.«

»Setzt du mich erst zu Hause ab?«

»Geht nicht. Er hat 'ne Leiche im Keller und weiß nicht, was er damit machen soll.«

Die Frau betrachtete Thomassys Profil. Sie hoffte, ihre eindeutigen Zusammenkünfte würden sich wenigstens noch ein paarmal wiederholen. Gewöhnlich baten sie die meisten Männer um Verzeihung dafür, daß sie mit ihr ins Bett wollten.

Im Heizungskeller versuchten Jeb und Donald immer wieder, die Tür aufzustemmen. Aber der kräftige Riegel hielt.

Kenny und Mike waren so verschreckt, daß sie weinten.

»Hört auf!« befahl Jeb. Dann sagte er zu Donald: »Einmal noch, wenn ich ›drei‹ sage.«

Bei »drei« warfen sich die beiden Sechzehnjährigen gegen die verschlossene Tür. Vergebens.

»Das hat weh getan«, klagte Donald, der sich die Schulter rieb.

»Ich will hier raus!« weinte Kenny. »Ich hab' noch nie 'n Toten gesehn.«

Tatsächlich versuchten alle drei Zwölfjährigen der Leiche den Rücken zuzudrehen; die Versuchung hinüberzublicken war aber zu groß.

»Greco sieht furchtbar aus«, sagte Donald.

»Ich hab' meinen Großvater gesehen«, berichtete Mike. »Sie hatten Make-up auf sein Gesicht getan. Und nur der obere Teil des Sarges war offen. Außer dem Kopf konnten wir nichts von ihm sehn.«

»Halt endlich den Mund!« sagte Dorry. Verstohlen blickte er zu dem reglosen Toten hinüber. »Können wir ihn nicht irgendwie zudecken?«

Jeb suchte bereits nach den schweren Zeltbahnen, welche die Maler benutzt hatten. Anscheinend hatten sie sie wieder mitgenommen.

»Wie wär's denn damit?« Donald deutete auf die dünne Plastikfolie, die über ein paar unbenutzten Gartenmöbeln lag.

»Hat keinen Sinn«, antwortete Jeb. »Man kann doch durchsehen. Außerdem reißt das Zeug, weil es so dünn ist.«

»Wir könnten ihn umdrehen«, meinte Donald, »damit wir sein Gesicht nicht sehen müssen.«

»Okay. Du nimmst die Schultern, ich die Beine.«

»Nein«, entgegnete Donald, »ich nehme die Beine.«

»He, Moment mal!« sagte Jeb. »Vielleicht will die Polizei nicht, daß wir was anrühren.«

»Wann holen die uns denn endlich hier raus?« wimmerte Kenny.

»Jetzt hört mal alle her«, begann Jeb. »Ein Toter kann niemandem was tun. Paßt auf.« Er ging hin und berührte den Körperteil, der am weitesten vom Gesicht entfernt war, den Fuß. Er rührte sich nicht. Jeb faßte fester zu. »Seht ihr?« sagte er triumphierend. »Er ist tot.«

Jeb richtete sich wieder auf. »Wegen einem Toten brauchen wir uns keine Sorgen zu machen; nur wegen den anderen. Wir müssen einen Plan machen.«

»Können wir nicht durch das Schlupfloch raus?« fragte Donald.

»Das führt nirgends hin«, antwortete Jeb. »Nur bis unters Wohnzimmer und unter die Bibliothek.«

»Die Katze kann da raus«, sagte Dorry.

»Wir sind aber alle größer als eine Katze, Dummkopf!«

»Wir könnten der Katze eine Nachricht umbinden.«

»Aber wir haben keine Katze, Dummkopf!«

»Ich weiß, was wir tun können«, sagte Dorry. »Wir könnten den Hahn da drüben am Heißwasserbereiter zudrehen.«

»Und was hätten wir damit erreicht?« fragte Jeb.

»Daß es im ganzen Haus kein heißes Wasser gibt.«

Jeb wandte sich ab. Es lohnte sich nicht, darauf zu antworten, aber nun war ihm eine Idee gekommen. »He, Donald, komm her!« Beide Jungen untersuchten den Sicherungskasten. »Wir könnten den Strom abschalten. Dann kommen sie bestimmt schnell runter.«

»Dann wär's aber auch hier unten dunkel«, wandte Dorry ein.

»Ich will nicht mit dem Ding da im Dunkeln sein«, klagte Mike.

»Überall geht doch der Strom bloß aus, wenn man den Haupthebel umlegt«, erklärte Jeb. »Wenn man die kleinen Hebel umkippt, kann man alle Lichter bis auf das Licht in diesem Keller abschalten. Dann können wir immer noch sehen, was wir tun.«

»Ja, aber was machen wir dann?« fragte Donald.

Jeb hatte auf dem Regal einen Karton erspäht. Donald half ihm, die Schachtel herunterzuholen. Sie enthielt die Hängematte aus dem alten Haus.

Sie breiteten die Hängematte aus. »Ich könnte da oben raufklettern« – Jeb deutete auf das oberste Regal – »und das Netz über ihn werfen, wenn er zur Tür reinkommt.«

»O ja, o ja!« Kenny war für jede Möglichkeit dankbar.

»Und wenn er 'ne Kanone hat?« fragte Donald.

»Ich weiß, daß er 'ne Kanone hat«, erwiderte Jeb. »Ich weiß auch, wo er sie versteckt.«

»Glaubst du, daß er uns umbringt?« fragte Dorry.

»Er hat Greco umgebracht«, antwortete Donald. »Warum sollte er nicht auch uns umbringen. Die Hängematte ist nicht gut. Da kann er durchschießen.«

»Dann bleibt nur eines«, sagte Jeb.

»Was denn?«

»Das Holz.«

Alle Augen richteten sich auf das Regal. Neben dem Platz, an dem der Karton mit der Hängematte gestanden hatte, lag ein Stück Vierkantholz, zwei mal vier Zoll groß. Jeb nahm es in die Hand, wog es abschätzend und ließ es, während die anderen zusahen, durch die Luft sausen.

»Ein Baseballschläger wäre besser«, meinte Dorry. »Ich hab' einen in meinem Zimmer.«

»Das nützt uns auch viel«, sagte Jeb geringschätzig. Wieder schwang er das Vierkantholz.

Dorry, der plötzlich ahnte, was Jeb vorhatte, sagte: »Du könntest dich hinter der Tür verstecken und ihm damit die Beine wegschlagen.«

»Und wozu soll das gut sein?«

»Er würde fallen.«

»Und wer springt ihn an? Du? Deine Freunde?«

Jeb, das Vierkantholz abermals schwingend, kam zu einem Entschluß.

»Ich mach's«, erklärte er.

»Bist du sicher?« fragte Donald.

»Hilf mir rauf.«

Jeb legte das Kantholz hin und kletterte mit Donalds Hilfe auf das Regal. Auf das oberste Brett gekauert, sagte er: »Gib mir das Holz.«

Jeb übte den Schlag nach unten und versuchte gleichzeitig, die Balance nicht zu verlieren. Die Jüngeren beobachteten ihn fasziniert.

»Wann?« fragte Donald.

»Sofort, wenn er zur Tür reinkommt. Ich versuch's noch mal.«

Er holte aus. »Ich muß aufpassen, daß ich nicht runterfalle.«

Jeb winkte Donald, ihm herunterzuhelfen.

»Bist du sicher, willst du das wirklich tun?«

»Hast du vielleicht 'ne bessere Idee?«

»Nein.«

»Komm her. Da, sieh dir die Sicherungen an. Wenn ich's dir sage, kippst du alle Hebel um, bis auf den einen hier, an dem ›Spielzimmer und Kellertreppe‹ steht.«

»Aber dies ist der Heizungskeller.«

»Sie gehören zum selben Stromkreis, du Idiot! Und jetzt hilf mir wieder rauf.«

Oben angekommen, ließ sich Jeb das Vierkantholz geben. »Okay«, sagte er. »Sobald ich zuschlage, springst du ihn an, für den Fall, daß er noch nicht bewußtlos ist.«

»Ich?«

»Ja, du. Und ihr Kleinen könnt auch helfen. Ihr haltet ihn dann fest, bis ich Hilfe geholt habe. Ihr seid zu viert, und er ist allein.«

Donald blickte zu seinem Freund auf. »Und wenn du ihn umbringst?«

»Kümmere du dich um den Strom.«

»Jetzt?«

»Jawohl, du Dummkopf. Jetzt!«

Die Leuchtstoffröhre über dem Spülbecken wurde schwächer und ging aus. Im selben Moment hörte der Kühlschrank, neben dem Regina stand, auf zu summen. Sie wartete. Er fing nicht wieder an.

»Roger«, sagte sie.

Sein erster Impuls war, nach der Tiefkühltruhe zu sehen, die ein rotes Warnlämpchen hatte, das stets anzeigte, daß der Stecker nicht aus der Wand gezogen war. Das Warnlämpchen war aus, aber Roger konnte den Stecker fest in der Dose sitzen sehen.

Regina probierte die Deckenbeleuchtung. Nichts.

»Das waren die Kinder unten im Keller«, sagte Roger. Während er eilig zur Treppe lief, schrillte schon wieder das Telefon. Einer mußte es abnehmen.

13

Roger blieb auf der Kellertreppe stehen und lauschte, während Regina das Telefon abnahm.

Regina hörte das Plong großer Münzen, das Pling mehrerer kleiner, und dann sagte eine Stimme: »Mom?«

»Harry, wo bist du? Warum hast du kein R-Gespräch angemeldet?«

»Weil ich nicht wußte, ob Dad das Gespräch annimmt. Ich hab' fünf Dollar Kleingeld von einem der Pokerspieler auf dem Revier. Mom?«

Roger kam die Treppe wieder herauf.

Im Keller hockte Jeb auf dem Regal; seine Muskeln begannen zu schmerzen. »Mach doch schnell!« stöhnte er.

Oben am Telefon sagte Harry: »Mom, hör zu, jetzt wird es ernst. Das Mädchen, weißt du, sie liegt im Koma.«

»Welches Mädchen?«

»Laß mich mal ran«, sagte Roger. »Bitte!«

Regina schüttelte den Kopf.

»Das Mädchen, das bei mir im Wagen war«, erklärte Harry.

»Harry, laß mich mit den Leuten dort sprechen. Wenn du einen Unfall gehabt hast...«

»Es war ein Unfall, das schwöre ich!«

Roger legte Regina die Hand auf die Schulter. Er wollte nicht, daß sie mit Harry sprach. Möglicherweise verriet sie etwas.

»Du hast sie doch nicht verletzt, Junge?« fragte Regina.

»Mom, der Wagen ist an einen Baum gefahren!«

»Warst du am Steuer?«

»Ja, schon...«

»Ich verstehe nicht, was du sagen willst. Bist du verletzt?«

»Ich hatte Glück. Nur ein paar Blutergüsse im Gesicht. Wir sind mit der Beifahrerseite an den Baum geraten.«

»Hattet ihr die Sicherheitsgurte nicht angelegt?«

»Ich schon, Mom, sie nicht.«

»Geht der Warnsummer denn nicht los, wenn...«

»Wir hatten die Enden miteinander verbunden. Sie war... Sie lag mit ihrem ganzen Gewicht auf... Mom, hör mal, wenn Dad da ist...«

»Ich hör' dich so schlecht, Harry.«

»Was ist das für ein Geräusch bei euch?«

Harry, der in Vermont war, mußte ihr erst klarmachen, daß es an der Haustür Sturm läutete.

»Bitte, geh aufmachen«, wandte sie sich an Roger.

»Und wenn's wieder die Polizei ist?«

In das Telefon sagte Regina: »Bleib dran, Harry. Ich komme gleich wieder!« Sie legte den Hörer hin, wischte ihre schweißnassen Hände trocken und sah an sich herab. Wann hatte sie die Schürze abgenommen? Sie wußte es nicht. Dann schrillte wieder die Haustürklingel. Irgend jemand läutete aufdringlich und herausfordernd.

Sie ging aufmachen.

Roger nahm den Hörer.

»Harry?«

»Dad, was ist eigentlich bei euch los?«

Roger wußte nicht, wie er diese Frage beantworten sollte. Regina öffnete die Haustür. Die Ungeduld stand George Thomassy im Gesicht geschrieben.

»Mrs. Maxwell?«

Sie nickte.

»Ich bin George Thomassy.« Er reichte ihr nicht die Hand.

»Mein Gott, bin ich froh, daß Sie hier sind, Mr. Thomassy!« sagte sie.

»Bitte, kommen Sie doch herein.« Sie warf einen Blick auf die Frau in dem metallic-grauen Thunderbird.

»Möchte die junge Dame nicht auch hereinkommen?«

»Die kann warten«, antwortete Thomassy, der an Regina vorbei ins Haus getreten war. »Wenn sie ungeduldig wird, kann sie ja ein bißchen spazierenfahren. Vorerst genügt ihr bestimmt ihre Lektüre.«

»Tut mir leid, daß ich nicht schneller zur Tür kommen konnte«, sagte Regina, die ihm nacheilte. »Ich war gerade am Telefon. Mein Sohn Harry hat in Vermont einen Unfall gehabt.«

»Das tut mir leid.« Thomassys kurz angebundener Ton verriet, daß es ihm völlig gleichgültig war. »Wo ist Ihr Mann?«

»Er ist im Gefängnis. Ich meine, mein Sohn Harry ist im Gefängnis. Und das Mädchen liegt im Krankenhaus. Könnten Sie nicht mit ihm reden? Er ist gerade am Telefon.«

»Ich habe mein Wochenende unterbrochen, weil Ihr Mann sagte...«

»Bitte, Mr. Thomassy, mein Sohn ist verzweifelt.«

Thomassy musterte Regina. Wäre sie zehn Jahre jünger gewesen, hätte er sie attraktiv gefunden.

Sie führte ihn in die Küche.

Roger legte den Hörer hin und schüttelte Thomassy energisch die ausgestreckte Hand.

Regina nahm das Telefon. »Harry, hör zu, wir haben Glück. Der beste Anwalt der ganzen Gegend ist eben zu uns ins Haus gekommen. Warte, er wird mit dir sprechen. Sein Name ist Mr. Thomassy.«

Widerwillig nahm Thomassy den Hörer.

»Hier spricht George Thomassy«, sagte er in die Sprechmuschel. »Was ist denn los?«

Regina sah zu, wie der schlaksige Mann den Hörer vom linken Ohr an das rechte nahm. Sie holte einen Stuhl, damit er sich setzen konnte. Dann beobachtete sie, wie Thomassy lauschte, nickte und ein kleines Notizbuch aus der Tasche holte. Dann klemmte er den Hörer zwischen das linke Ohr und die linke Schulter, damit er beim Hören schreiben konnte.

»Geben Sie mir die Nummer von dort. Sitzen Sie in einer Zelle?« Thomassy sah flüchtig zur Mutter hinüber. *Mann, die würde in Ohnmacht fallen!*

»Hören Sie zu, Junge«, sagte er ins Telefon, »Sie haben Glück, daß es in Brattleboro passiert ist. Da oben gibt es einen alten Burschen namens Merkin, ebenfalls Strafverteidiger. Irgendwann einmal hat so ziemlich jeder Richter in der Gegend für ihn gearbeitet. Bruce Merkin. Sagen Sie ihm, daß George Thomassy Sie an ihn verwiesen hat. O ja, er wird sich an meinen Namen erinnern. Er hat ihn während eines bestimmten Prozesses jeden Tag von neuem verflucht.« Thomassy lachte. »Sagen Sie ihm alles, was Sie mir jetzt erzählt haben. Er braucht nur ein Wort in die richtigen Ohren zu flüstern. Er wird sie rausholen. Aber sagen Sie ihm die Wahrheit... Einen Moment, bitte.«

Regina hatte seinen Ärmel berührt.

»Ihre Mutter will wissen, wer dieses Mädchen ist.«

Thomassy lauschte, dann legte er die Hand über die Sprechmuschel und sagte zu Regina: »Sie ist nicht von hier. Sie ist aus Providence.«

Regina bat: »Fragen Sie ihn, ob ihre Familie... bekannt ist. Fragen Sie ihn, was ihr Vater ist.«

Thomassy fragte. Dann sagte er: »Also gut, Junge. Rufen Sie Merkin an. Und wenn Sie rausgekommen sind, rufen Sie hier wieder an. Ihre Mutter macht sich Sorgen um Sie. Ich mache mir überhaupt keine Sorgen. Merkin kann es sich einfach nicht leisten, einen Fall zu verhauen, den ich ihm schicke.«

Er legte auf.

Thomassy sah Regina an, die mit gefalteten Händen wartete, daß er etwas sagte.

»Hören Sie, Mrs. Maxwell, es wird alles gutgehen. Ihr Vater ist kein bekannter Mann.«

»*Was hat Harry getan?*« So schrill hatte sie es nicht sagen wollen. »Verzeihen Sie«, entschuldigte sie sich. »Warum halten sie ihn fest?«

»Ihrem Sohn ist völlig klar, daß die Sitten dort oben nicht unbedingt die gleichen sind wie die in New York oder Fairfield County. Was auch immer mit dem Mädchen passiert, ein guter Anwalt dort oben muß für ihn eine Story zusammenschustern, die sich mit den Tatsachen deckt, welche der Polizei bekannt sind, und die glaubhaft klingt.«

»Was hat er getan?«

»Mrs. Maxwell, eigentlich kann man sagen, daß er überhaupt nichts getan hat. Er saß am Steuer und fuhr. Warum sie nicht am Straßenrand gehalten haben, weiß ich nicht. Dieses Mädchen – warum mieten sich diese Kinder bloß kein Motelzimmer? – hat Fellatio bei ihm gemacht, und ich nehme an, das hat ihn so abgelenkt, daß er von der Straße abgekommen ist. Das ist alles; nur daß der Wagen gegen einen Baum gefahren und das Mädchen schwer verletzt ist. Aber jetzt wollen Sie, Mr. Maxwell und ich uns irgendwo hinsetzen und endlich zur Sache kommen.«

14

In Nancys Zimmer, von der Tür gegen die Geräusche des Hauses abgeschirmt, fragte Bernice: »Warum guckst du mich so an?«

Nancy zog die geblümten Vorhänge vor das breite Doppelfenster und drehte im Halbdunkel am Lichtschalter. Nichts geschah. Die Birne muß ausgewechselt werden, dachte sie. Verdammt! »Ich überlege, ob ich dir trauen kann«, sagte sie dann.

»Ich bin doch deine Freundin.« Bernices Stimme deutete ein Fragezeichen an.

»Da, wo wir früher wohnten, hatte ich eine Freundin, der konnte ich nicht trauen«, erklärte Nancy voll Verachtung und zog die Vorhänge wieder auf, damit sie etwas sehen konnte. »Sie hat alles ihrer Mutter erzählt.«

»Ich erzähle meiner Mutter nie was.«

»Und wer sagt mir, daß das stimmt?«

»Soll ich schwören?« fragte Bernice.

Nancy war nicht überzeugt. »Du gehst so lange in den Flur, bis ich mein Geld versteckt habe«, befahl sie.

»Bitte«, sagte Bernice. »Ich nehm's bestimmt nicht. Ich . . . ich mache mir überhaupt nichts aus Geld.«

»Wenn du die einzige bist, die davon weiß . . .«

»Aber du kannst mir bestimmt trauen.«

»Wenn was fehlt, weiß ich, daß du's warst.«

Nancy breitete die stolze Dollarbeute vom Plätzchenverkauf dieses Vormittags Schein für Schein auf ihrem Bett aus. Sie wußte genau, wieviel Geld sie schon gespart hatte und wieviel sie jedesmal hinzufügte. Sie fände es gar nicht so übel, wenn Bernice etwas von ihrem Geld stehlen würde. Dann hätte sie Bernice ganz in ihrer Gewalt.

»Warte, ich zeig's dir«, beschloß sie endlich.

Nancy zog den einzigen Stuhl ihres Zimmers zum Kleiderschrank. Vom Bücherregal holte sie einen riesigen Atlas und legte ihn auf den Sitz des Stuhls. Dann, eine Hand auf Bernices Schulter gestützt, kletterte sie auf den Stuhl und öffnete die dreißig Zentimeter hohen durchbrochenen Türen oberhalb des Kleiderschranks.

»Das ist eigentlich für Hüte«, erklärte Nancy, »aber ich habe keine Hüte.« Aus dem Fach hinter den durchbrochenen Türen zog sie eine rechteckige Schachtel mit einem Bild von Snoopy auf dem Deckel. Vorsichtig reichte sie den Karton Bernice, dann kletterte sie selbst vom Stuhl herunter.

»Stell dich mit dem Rücken vor die Tür, damit niemand rein kann«, befahl sie Bernice, nahm ihr die Snoopy-Schachtel ab und stellte sie aufs Bett.

»Die hab' ich geschenkt gekriegt, als ich noch klein war«, erklärte Nancy. »Meine Mutter läßt mich meine kaputten Andenken da drin aufbewahren. Sieh mal!« Sie zeigte Bernice allen möglichen Krimskrams, Dinge, die ausrangiert oder nicht mehr zu reparieren waren. »Sie weiß, daß ich es hasse, solche Sachen wegzuwerfen.«

Aus dem alten Zeug zog Nancy ein Kinderbuch hervor. »Das ist es nicht«, sagte sie, »das ist nämlich zu klein.« Sie brachte ein zweites Buch zum Vorschein: *Nancy wird Krankenschwester.* »Das haben sie mir geschenkt, weil das Mädchen da drin genauso heißt wie ich.«

Vorsichtig schlug sie den Deckel des Buches auf. Innen war mit einer Rasierklinge die ganze Mitte so herausgeschnitten, daß nur noch der Rand der Seiten übrig war. In dieser Höhlung steckte Nancys Schatz: Dollarscheine, Fünfdollarscheine, sogar ein Zehner.

»Rate mal, wieviel da drin ist?« sagte sie, als sie die Scheine vom Bett dazulegte.

»Sieht ziemlich viel aus.«

»Es ist fast voll. Weißt du, in der Bank fallen die Leute vor meinem Vater auf die Knie, und *betteln* bei ihm um Geld.«

»Das denkst du dir aus.«

»Mom hat mich mal mitgenommen. Ich hab's gesehen, Ehrenwort! Wenn er so macht« – Nancy machte eine großzügige Handbewegung –, »dann heißt das, daß sie das Geld haben können. Und wenn er so macht« – Nancy war ein Gutsbesitzer, der einen armen Kätner entläßt –, »weinen sie. Für manche Leute bedeutet geliehenes Geld Leben oder Tod.«

»Ach, Nancy.«

»Mein Vater ist der allerwichtigste Mann in der Bank.« Sie legte Bernice beide Hände auf die Schultern. »Behältst du es für dich?«

Bernice nickte.

»Ich spare, damit ich meine eigene Bank aufmachen kann. Du weißt doch, wieviel ich schon habe. Hat dein Vater auch soviel Geld?«

»Nicht in der Tasche, das glaube ich nicht.«

»Na, siehst du?« sagte Nancy und ließ Bernice los. Sie schloß das Buch und stieg auf den Stuhl – diesmal ohne Bernices Hilfe. Nancy brauchte wirklich keine Hilfe.

»Ich kann nicht ewig hier oben hocken«, sagte Jeb, der einen schmerzhaften Krampf in den Unterschenkeln bekam. »Ich schwöre, daß ich gehört habe, wie er die Treppe halb heruntergekommen und dann wieder raufgegangen ist.«

»Ich hab' das Telefon gehört«, sagte Donald, der unten stand. »Und die Türklingel.«

»Möchte wissen, wer das war«, sagte Dorry.

»Hoffentlich die Cops«, antwortete Jeb und kam herunter.

Während Roger ins Wohnzimmer voranging, sah sich Thomassy neugierig um. Die Atmosphäre dieses Hauses gefiel ihm, die hohen Räume, die Möbel, die alle zueinander paßten. Wenn Frauen zu ihm kamen, drückten sie immer ihr Mißfallen über das Sammelsurium in seiner Wohnung aus, Möbel, die das Ergebnis von Zufallskäufen waren. Dieses Zimmer hingegen wirkte geplant.

Trotz der großen Fenster war es im Zimmer wegen der tiefhängenden Wolken draußen dunkel. Thomassy fragte sich, warum sie nicht ein paar Lampen anmachten.

»Bitte, nehmen Sie Platz«, sagte Regina.

»Sie erwähnten« – Thomassy wandte sich an Roger –, »daß der Tote im Keller liegt.«

Roger sah Regina an. »Ja«, antwortete er.

»Nun, wir werden dann gleich hinuntergehen.« Thomassy zog sein Notizbuch heraus. »Könnten wir vielleicht etwas Licht machen?«

»Der Strom ist abgeschaltet«, erklärte Roger rasch.

Thomassy musterte den nervösen Mann.

»Die Kinder haben den Strom abgeschaltet«, sagte Roger. »Sie sind zu fünft unten im Keller.«

Thomassy hatte nichts gegen Kinder, solange sie einzeln auftraten. Aber fünf? Wie leichtsinnig kann man bloß werden?

»Nur zwei von ihnen sind unsere eigenen«, informierte ihn Roger. »Es sind Jeb und ein Freund von ihm namens Donald, dann Dorry, unser Zwölfjähriger, und zwei von seinen Freunden. Allesamt Wochenendgäste – die Freunde, meine ich.«

»Richtig«, sagte Thomassy. »Das erzählten Sie ja am Telefon.« Er nahm seinen Tabaksbeutel heraus und stopfte sich eine Pfeife. »Es ist merkwürdig still hier, für ein ganzes Haus voll Kinder.«

»Sie sind im Keller eingeschlossen.« Roger haspelte die Worte heraus. »Da, wo der Tote liegt.«

Thomassy ließ seinen Blick von ihr zu Roger wandern.

»Nur eine Vorsichtsmaßnahme, bis Sie kamen«, erläuterte Roger.

»Aber wozu?«

»Weil es notwendig war.« Roger führte ihn zur Kellertreppe.

»Ich höre jemanden kommen«, meldete Donald.

»Stimmt«, sagte Jeb. »Schnell, hilf mir rauf!«

Donald stemmte Jeb das Regal hoch, bis er oben angelangt war. Dann reichte er ihm das Vierkantholz.

»Hau nicht vorbei«, mahnte Donald.

»Keine Sorge«, antwortete Jeb.

Sie hörten, wie der Schlüssel in das Vorhängeschloß gesteckt wurde.

»Wie alt sind die Kinder?« fragte Thomassy.

»Jeb und Donald sind sechzehn, Dorry ist zwölf, seine Freunde ebenfalls«, antwortete Regina.

»Verdammtes Schloß!« schimpfte Roger.

»Ist vielleicht sonst noch jemand im Haus?« fragte Thomassy. »Eine Hausangestellte?«

»Die hat heute frei. Nur noch zwei kleine Mädchen, oben.«

»Wie klein?«

»Neun.«

»Großer Gott!« sagte Thomassy, als Roger gerade das Schloß aufbekam. Roger zog das Vorhängeschloß aus dem Riegel und trat beiseite.

Thomassy machte die Tür auf und blieb im Türrahmen stehen. Der Heizungskeller war beleuchtet. *Diese Bengels sind ziemlich schlau.* »Bist du Jeb?« fragte er den ältesten.

Donald mußte sich zwingen, nicht nach oben zu sehen. Was geschieht, wenn dieser Fremde zuerst eintritt und Jeb ihm das Kantholz über den Schädel schlägt?

»Das ist Jebs Freund Donald«, erklärte Regina hastig.

Thomassy hatte sie nicht gehört. Sein Blick traf die drei jüngeren, die hinter der am Boden liegenden Leiche des Schwarzen standen. Worauf hatte er sich da bloß eingelassen?

Thomassy betrat den Raum. Donald schrie: »Es ist nicht dein Vater!« Jeb schlug jedoch schon mit dem Holz zu, versuchte noch, im Schlag innezuhalten, verlor das Gleichgewicht und fiel auf Thomassy, der überrascht versuchte, aufrecht zu bleiben, um dann mit Jeb zusammen zu Boden zu stürzen, während Regina laut aufschrie.

»Verdammt noch mal!« brüllte Thomassy den neben ihm liegenden Jungen an. »Bist du verrückt geworden?«

»Ich wußte nicht, daß...«

Thomassy, dem Rücken und Schulter weh taten, rappelte sich auf und klopfte den Staub vom Anzug. »Wolltest du mich vielleicht umbringen?« Als er das sagte, wurde ihm klar, daß eigentlich wohl Maxwell als Opfer ausersehen gewesen war.

»Mein Gott, Mr. Thomassy, ist Ihnen auch nichts passiert?« rief Regina.

»Jeb, was soll das bedeuten? Dieser Mann hier will versuchen, uns zu helfen. Warum habt ihr den Strom abgestellt?«

»Weil sie mich damit herunterlocken wollten«, sagte Roger, »um mir den Schädel einzuschlagen. Ich war schon auf der Treppe, als Harry anrief und die Haustürklingel ging.«

»Und wir hätten zwei Unfälle am Hals gehabt«, ergänzte Thomassy.

»Es war kein Unfall«, behauptete Jeb.

»Du hast versucht, mir mit diesem Knüppel den Schädel einzuschlagen«, antwortete Thomassy. »*Das* war kein Unfall. Aber jetzt« – er maß sie

einzeln mit den Blicken – »jetzt werdet ihr alle ins Wohnzimmer hinauf-
gehen.«
Sie blieben stumm.
»Sofort!«
Sie rührten sich nicht.
»Sonst werde ich euch wegen Körperverletzung verhaften lassen.«
Thomassy trat beiseite, damit die Jungen an ihm vorbeischleichen konn-
ten. Er bat Roger, den Strom wieder einzuschalten und dann ebenfalls
nach oben zu kommen. Dabei warf er einen flüchtigen Blick auf die Lei-
che. *Gott sei Dank, daß ich keine Kinder habe!*

Im Wohnzimmer ließ sie Thomassy auf der Couch, den Sesseln und dem
Teppich Platz nehmen, wobei er für eine möglichst große Entfernung
zwischen dem aufsässigen Jungen und seinem Vater sorgte.
Thomassy selbst setzte sich nicht. Er ging auf und ab und ließ sie im eige-
nen Saft schmoren. Schließlich steckte er sich wieder seine Pfeife an. Er
wollte sehen, wer was zuerst sagte.
Als erster sprach Jeb. »Ich werde Ihnen alles erzählen.«
»Was – alles?« Thomassy näherte sich dem Sessel, in dem der Junge saß.
Jeb starrte zu ihm hoch.
»Warst du dabei, als der Unfall passierte?«
»Nein.«
»Okay.« Jetzt wandte sich Thomassy an alle. »Dann muß ich euch zunächst mal was klarmachen. Diese Angelegenheit wird vors Gericht kommen. Ich bin ein Angehöriger dieses Gerichts und warne euch hiermit –
euch alle, auch die Kleinen –, weil dort bestimmte Regeln zu befolgen
sind. Wenn ihr nicht dabei wart, als etwas passiert ist, wenn ihr es nicht
mit eigenen Augen gesehen habt, ist alles, was ihr aussagt, ein Hörensa-
gen, und der Richter wird nicht dulden, daß ihr über etwas sprecht, was
ihr nur aus zweiter Hand wißt.«
Er wandte sich wieder an Jeb. »Hast du das verstanden?«
»Ich weiß genau, was passiert ist!« platzte Jeb heraus.
»Du *glaubst*, es zu wissen, aber was du mir jetzt sagen sollst, ist lediglich
das, was du wirklich gesehen und gehört hast. Mach's dir bequem. Ich
möchte zuerst den Bericht deines Vaters hören. Er ist mein Mandant. Anschließend werde ich dich anhören. Verstanden?«
Und so ließ sich Thomassy von Roger in einem Zimmer voll Fremder alles
erzählen, wie es sich vor seinen Augen abgespielt hatte – von dem Augenblick an, da die fürs Wochenende eingeladenen Kinder eingetroffen waren. Einmal, als Jeb ihn unterbrechen wollte, legte Regina ihrem Mann

warnend die Hand auf den Arm. Sie überließ es Thomassy, Jeb zum Schweigen zu bringen, und nahm dann erst ihre Hand zurück, damit Roger fortfahren solle. Sie überlegte, ob Thomassy auch sie fragen werde. Roger brauchte zwanzig Minuten, um vom Picknick, den Ereignissen am Swimming-pool, dem morgendlichen Besucher und seinen Zusammenstößen mit Greco zu berichten.

Als Roger fertig war, sank er erschöpft in die Polster zurück. Thomassy sagte: »Vielen Dank. Ich möchte auch Sie anhören, Mrs. Maxwell, und die anderen, aber zunächst möchte ich diesem jungen Mann hier – Jeb, nicht wahr? – einige Fragen stellen.«

»Mein Vater lügt«, sagte Jeb.

»Jetzt hör mir mal zu, junger Mann«, entgegnete Thomassy. »Wer lügt, und wer nicht, das werde ich selbst herausfinden. Deine Aufgabe ist es lediglich, meine Fragen zu beantworten.«

Unter ähnlichen Umständen, bei einer Befragung von Halbwüchsigen also, hatte er einmal eine Ohrfeige austeilen müssen. Das konnte er aber natürlich nicht, solange Zeugen dabei waren, vor allem die Freunde des Jungen und seine Eltern. Hoch aufgerichtet baute sich Thomassy vor dem Jungen auf; der Druck seiner körperlichen Nähe sollte wie ein Schraubstock wirken.

Jeb sah fragend zu Donald hinüber. Konnte er sich auf ihn verlassen?

»Du brauchst ihn gar nicht anzusehen«, erklärte Thomassy. »Sieh lieber mich an. Weißt du aus erster Hand, daß dieser Greco mit Rauschgift gehandelt hat?«

Jeb fühlte sich isoliert, verzweifelt.

»Jeb«, sagte seine Mutter, »bitte, antworte Mr. Thomassy. Sag die Wahrheit!«

»Ich werde merken, wenn du lügst«, versicherte Thomassy dem Jungen. »Wußtest du, daß er mit Rauschgift handelte?«

Jeb blickte auf seine Hände. »Ja.«

»Was – ja?«

»Ich wußte, daß Greco ein Dealer war.«

»Hast du deinen Eltern von diesem Rauschgifthandel erzählt?«

»Nein.«

»Der Polizei?«

»Nein.«

»Wußtest du von diesem Rauschgifthandel, bevor oder nachdem du ihn für das Wochenende hierher eingeladen hast?«

»Vorher.«

»Und du hast nicht gezögert, ihn einzuladen?«

»Er war mein Freund.«

»Von der Freundschaft mal abgesehen – hast du in irgendeiner Weise von seinem Rauschgifthandel profitiert?«

»Wie meinen Sie das?«

»Spiel nicht den Dummen. Hat er dir Geld gegeben?«

»Nein!«

»Nur Ruhe. Hat er dir Stoff gegeben?«

»Also, ich weiß wirklich nicht...«

»Sag die Wahrheit! Hat er dir Stoff gegeben?«

»Ja.«

»Hast du ihm das Rauschgift bezahlt?«

»Nein.«

»Aber das, was er dir gab, besaß Geldwert, nicht wahr?«

»Ich glaube schon.«

»Kennst du irgend jemanden außer Greco, bei dem du umsonst Rauschgift bekommen kannst?«

»Nein.«

»Wußtest du, daß er das Haus deiner Eltern als Versteck für große Mengen Rauschgift benutzte?«

»Ich weiß nicht.« Jeb sah zu seiner Mutter hinüber.

»Was soll das heißen?«

»Ich wußte nicht, wieviel.«

»Aber du wußtest, daß er es tat?«

»Ja.«

»Und du hast niemandem was davon gesagt?«

»Nein.«

»Weißt du, was Beihilfe ist?«

»Natürlich weiß ich das!«

Regina war aufgesprungen. »Ach, Mr. Thomassy – bitte!«

Weiber sind doch wirklich zum Kotzen. Ich werde ihr keine Fragen stellen. Thomassy wandte sich an die Kinder: »Ihr werdet schön hier bleiben. Rührt euch nicht von der Stelle!« Dann sagte er: »Mr. und Mrs. Maxwell, würden Sie einen Augenblick mit ins Nebenzimmer kommen?«

Außer Hörweite der Kinder sagte er: »Sie haben mich gebeten, Sie in einer sehr ernsten Angelegenheit zu verteidigen. Dieser Junge verhält sich Ihnen gegenüber feindselig. Das tun viele Kinder in seinem Alter. Ein Richter wird ihm gegenüber möglicherweise nicht so hart sein wie ich jetzt, aber wir müssen ganz sichergehen, daß die Geschichte, die er dem Richter auftischt, nicht etwa ein Märchen ist, das auf seiner Animosität dem Vater gegenüber beruht. Er versucht sich als vollkommen unschuldig hinzustellen. Und wenn er damit durchkommt, blüht Ihrem Mann eine verdammt harte Strafe. Verlassen Sie sich bitte auf mich.« Er ergriff Reginas Hände, etwas, was er vor den Augen des Ehemanns einer Frau nicht gern tat, aber es war das richtige.

»Nun gut«, sagte sie.

Besitzergreifend faßte Roger nach Reginas Arm. Dann kehrten sie ins Wohnzimmer zurück.

»Ich möchte jetzt folgendes feststellen«, begann Thomassy wieder. »Bei jenem ersten Unfall oder Zwischenfall, nennt es von mir aus, wie ihr wollt, waren zwei Personen anwesend: Mr. Maxwell und dieser Greco. Leider kann uns der Junge nichts mehr darüber sagen, weil er tot ist. Mr. Maxwell hat uns aber erzählt, was passiert ist. Jetzt möchte ich jedoch hören, was im Zusammenhang mit dem zweiten Unfall geschehen ist, mit dem nämlich, dessen Opfer beinahe ich geworden wäre.« Thomassy wandte sich an Donald.

»Erzähl mir, was du gesehen und gehört hast.«

Donalds angstvoller Blick richtete sich auf Jeb. Jeb sah weg.

»Seine Aussage haben wir schon gehört«, sagte Thomassy. »Jetzt bist du dran.«

In diesem Moment hörten sie fröhliches Mädchenlachen auf der Treppe, und sofort wandten alle den Blick dorthin. Im Durchgang zum Wohnzimmer standen Nancy und Bernice.

»Wir haben das Plätzchengeld gezählt, Mom«, sagte Nancy, verwundert, wieso alle im Kreis saßen, und wer dieser Mann war.

»Nancy, Liebling«, sagte Regina, »dies ist Mr. Thomassy, ein Freund deines Vaters. Mr. Thomassy, das sind Nancy und ihre Freundin Bernice.«

»Hallo!« sagte Thomassy. *Um Himmels willen, noch mehr Kinder!* »Ist Bernice auch fürs Wochenende hier?«

Regina nickte.

Roger meldete sich. »Die beiden haben keine Ahnung, was passiert ist, Mr. Thomassy. Wir werden sie sicher hier nicht brauchen.«

»Wißt ihr, Mädchen«, sagte Thomassy, »wir sprechen über eine Privatangelegenheit. Mrs. Maxwell, wäre es Ihnen recht, wenn sie wieder nach oben gingen?«

»Nancy«, ordnete Regina an, »du kannst mit Bernice in deinem Zimmer spielen.«

»Ich hab' aber Hunger«, beschwerte sich Nancy.

»Dann hol dir was in der Küche, und anschließend geht ihr beide in dein Zimmer.«

Nancy wollte etwas entgegnen, aber dann sah sie, wie erregt ihr Vater

war. Sie mochte es nicht, wenn er so war. Stumm führte sie Bernice hinaus.

Thomassy wartete zehn Sekunden, dann wandte er sich wieder an Donald.
»Der zweite Zwischenfall.«

»Na ja, wir, ich meine alle Kinder – wir Jungen hier im Zimmer fanden
Greco, und dann sperrte Mr. Maxwell uns im Heizungskeller ein. Jeb
sagte, sein Vater wird versuchen, uns umzubringen, wie er Greco umgebracht hat...«

»Augenblick mal!« Thomassy war aufgebracht. »Du hast jedes Wort gehört, das Mr. Maxwell gesagt hat. Hältst du ihn für einen Lügner?«

»Nein«, antwortete Donald kleinlaut.

»Du willst also nicht behaupten, daß er ein Lügner ist?«

»Nein, Sir.«

»Du hast gehört, wie Mr. Maxwell berichtet hat, daß Greco mit einem
Messer auf ihn losgegangen war und er sich mit der einzigen Waffe verteidigte, die er außer seinen bloßen Händen besaß – mit einer Stablampe.
Glaubst du im Ernst, er würde eine Stablampe nehmen und dir persönlich
etwas antun, wenn du sein Leben nicht mit einem Springmesser oder auf
eine andere Art und Weise bedrohst?«

»Ich hab' das ja auch nicht gesagt. Das hat Jeb gesagt.«

»Was hat er gesagt?«

»Daß er glaubt, sein Vater wird uns alle umbringen.«

»Ist dir denn nicht der Gedanke gekommen, daß er möglicherweise nur
versucht hat, euch angst zu machen?«

»Ich weiß nicht.«

»Hat Jeb dich je zuvor schon mal eingeschüchtert?«

Donald warf Jeb einen Blick zu.

»Sieh nicht zu ihm rüber. *Ich* frage dich.«

»Ich habe keine Angst vor ihm.«

»Aber du hast ihm geglaubt.«

»Ich weiß nicht. Da war schließlich die Leiche.«

»Mr. Maxwell hat gesagt, heute früh sei ein Junge namens Tim hier gewesen. Kennst du Tim?«

»Na klar.«

»Ist er dein Freund?«

»Eigentlich nicht. Nur von der Schule.«

»Was für ein Junge ist dieser Tim – weißt du das?«

Donald wand sich. »Er treibt sich mit Mädchen rum.«

Dorry kicherte.

»Sei still, Dorry!« befahl Regina.

»Und was noch?« fragte Thomassy.

»Na ja, ich glaube...« begann Donald.

Thomassy wartete.

»Ich glaube, er raucht Gras.«

»Weißt du, woher er sein Gras bezieht?«

»Ich habe ihn nie dabei gesehen.«

»Woher weißt du denn, daß er Gras raucht?«

»Das wußte doch jeder in der Schule.«

»Vor dem Gesetz bedeutet das nichts. Hast du selbst nie gesehen, daß Tim Rauschgift nahm?«

»Ein- oder zweimal.«

»Wo?«

»In der Schule. Auf der Toilette. Er wollte bloß angeben.«

»Wußtest du, daß Tim heute morgen hier war?«

»Ja.«

»Warum wußtest du das?«

»Weil Jeb mir gesagt hat, er sei hergekommen, um sich von Greco Gras zu holen.«

»Halt die Schnauze!« sagte Jeb.

»Das werde ich überhören«, erklärte Thomassy, ohne Donald aus den Augen zu lassen. »Und jetzt berichte mir über den zweiten Zwischenfall.«

»Na ja, wissen Sie – Jeb wollte überall den Strom abschalten, außer in dem Raum, wo wir waren, damit sein Alter, Mr. Maxwell meine ich, in den Keller kommt und die Tür aufschließt.«

»Das ist nicht wahr!« Jeb war aufgesprungen.

Donald wirkte völlig verwirrt.

»Es war Kennys Idee!« log Jeb.

»Stimmt«, versicherte Donald eifrig.

»Wer von euch ist Kenny?« erkundigte sich Thomassy.

Als alle in seine Richtung sahen, entschloß Kenny sich zögernd, die Hand zu heben.

»Na schön, Donald«, sagte Thomassy. »Versuch, dich von nun an ein bißchen genauer zu erinnern. Also, wie ist Jeb auf das Regal hinaufgekommen?«

»Er ist raufgeklettert.«

»Ohne Hilfe?«

»Ich hab' ihm raufgeholfen.«

»Zu welchem Zweck?«

»Ich weiß nicht«, antwortete Donald.

»Aber du weißt, daß er auf das Regal geklettert ist, nicht wahr?«

»Ja, schon.«

»Zu welchem Zweck?«

»Hören Sie, Mr....«

»Thomassy.«

Der Junge war verängstigt. Thomassy ging hinüber und legte ihm tröstend die Hand auf die Schulter. »Bitte, glaube mir«, sagte er, »nun will niemand mehr jemandem etwas antun. Wir wollen nur die Wahrheit herausfinden. Okay?«

Donald nickte.

»Was hatte Jeb da oben?«

Schweigen.

»Du kannst es uns ruhig sagen. Weißt du nicht mehr? Wir haben es alle gesehen.«

»Ein Vierkantholz.«

»Wozu?«

»Zum Schlagen, glaube ich.«

»Zum Schlagen? Wen? Mich?«

»Nein, er wollte seinen Vater treffen.«

»Aber er hätte mich umbringen können. Warst du sein Komplize?«

»Nein, Sir. Ich habe nichts Unrechtes getan.«

»Du hast ihm geholfen, da hinaufzukommen. Du hast nicht versucht, ihn daran zu hindern.«

»Ich kann Jeb nicht hindern.«

»Also, Donald«, sagte Thomassy plötzlich überraschend freundlich, »eigentlich hast du ihn ja doch gehindert, als du sahst, daß ich zur Tür hereinkam. Dafür möchte ich dir danken.« Thomassys Stimme wurde wieder härter. »Aber, Donald, wenn Mr. Maxwell zur Tür hereingekommen wäre, hättest du dann auch einen Warnruf ausgestoßen, oder hättest du geduldet, daß er verletzt oder getötet wird?«

Wie Thomassy erwartet hatte, brach Donald in Tränen aus. Thomassy kehrte dem Jungen den Rücken und ließ ihn stehen. Jetzt habe ich es fast geschafft, dachte er. Regina ging zu Donald, um ihn zu trösten.

»Ich wollte niemandem was tun!« schluchzte der Junge.

Wenn sie dabei geschnappt werden, dachte Thomassy, haben sie nie was Böses beabsichtigt. Wenn man den Leitartikeln in der Zeitung glaubt, könnte man meinen, die Welt sei voll guter Menschen. Quatsch! George Thomassy war gegen Ende der großen Depression noch ein Kind gewesen, aber er wußte, daß viele Menschen keine Arbeit hatten, darunter auch sein Vater, ein Humanitätsapostel und erfolgloser Sozialarbeiter. Als

Trostpflaster für den Alten hatte er sich am College in die Sozialarbeit drängen lassen, aber da war er doch nachdenklich geworden: So waren die Menschen nicht. Seine Lehrer predigten Dinge, die in direktem Widerspruch zu dem standen, was er sah und hörte. Die Menschen waren die einzigen Tiere, die sich ohne Grund bösartig zueinander verhielten. Reine Zeitverschwendung, eine Verbesserung der menschlichen Rasse anzustreben. George Thomassy wurde Strafverteidiger. Das war ein krisenfester Beruf, und niemand riß die Klappe auf, wenn man gewann.

Als Donalds Schluchzen leiser wurde – Mrs. Maxwell hatte ihn mit Papiertaschentüchern versorgt, damit er sich die Nase putzen und die Tränen abwischen konnte –, ging Thomassy wieder zu ihm hinüber und versicherte: »Im Augenblick werde ich dir keine weiteren Fragen stellen, mein Junge.«

Statt dessen wandte sich Thomassy, der wußte, daß Donald ebenfalls zuhörte, an die anderen: »Ihr alle, die ihr da unten im Keller wart, habt an einem Plan teilgenommen, dessen Ziel es war, jemanden körperlich zu verletzen. Das ist ein schwerwiegender Vorwurf. Sogar ihr« – er sah die drei Zwölfjährigen an – »müßt doch in euren kleinen Köpfen gemerkt haben, daß ihr an einer Verschwörung gegen einen anderen Menschen teilgenommen habt, und es gibt keinerlei Beweise dafür, daß dieser andere Mensch, Mr. Maxwell, vorhatte, euch etwas anzutun. In den Augen des Gesetzes seid ihr alle ebenso schuldig wie Jeb. Ihr habt nicht versucht, ihn zurückzuhalten. Ja, ihr *wolltet* vermutlich sehen, was geschieht, wenn dieses Kantholz herabsaust. Wenn ich einen von euch aus der Tinte holen kann, dann gelingt es mir vielleicht, mit Gottes Hilfe, euch alle aus der Tinte zu holen.«

Roger Maxwell stand auf. »Fahren wir jetzt zur Polizei?«

»Auf gar keinen Fall! Wenn wir Sie dort hinbringen, erweckt das schnell den Eindruck von Schuld. Wir lassen die Polizei lieber herkommen. Sie sollen Sie im Kreis Ihrer Familie sehen. Dann können sie Sie mitnehmen. Damit liegt die Beweislast bei ihnen. Außerdem werden sie den Steifen sehen wollen.«

»Den was?« fragte Regina.

»Den Toten. Darf ich das Küchentelefon benutzen?«

»Die Nummer steht direkt auf dem Apparat unterhalb der Feuerwehrnummer«, sagte Regina.

»Danke, die Nummer kenne ich«, antwortete Thomassy. »Ich arbeite in dieser Gegend.«

15

Roger starrte auf den Sekundenzeiger seiner Armbanduhr, der in spastischen Sprüngen von Teilstrich zu Teilstrich wanderte. Fünfzehn Sekunden dauerten eine Ewigkeit. Wer schluchzte da? Donald? Verglichen mit Jeb, hatte der Junge überhaupt keinen Mumm. Jeb war willensstark. Alle Kinder schlugen mal über die Stränge. Es ist unnatürlich, wenn sie das nicht tun. Die Zeit wird alles wieder ins Lot bringen. Jeb wird reifer werden, wie Harry, und seine Aufsässigkeit gegen die Erwachsenen überwinden. Ich werde eine Möglichkeit finden, Frieden mit ihm zu schließen. Wenn dies alles vorbei ist, werde ich Jeb auf die Reise mitnehmen, die ich nach Montreal und Toronto machen muß; nur wir beide, damit wir uns wieder näherkommen.

Roger hob den Kopf und wollte Jeb ein paar aufmunternde Worte sagen. Vielleicht macht es ihm Spaß, auf eine Geschäftsreise mitzukommen. Jeb hatte sich abgewandt.

Roger sah die verzweifelten Blicke von Dorry, Kenny und Mike, die ganz eng zusammengekrochen waren und ihre zwölf Jahre völlig vergessen ließen. Am liebsten hätte Roger die Hand ausgestreckt, Dorrys Kopf getätschelt und gesagt: *Auch dies geht vorüber.* Ob er vor seiner Hand zurückzucken würde?

Wenn sie nur nicht in diese unglückselige Gegend gezogen wären! Die Kinder wollten ja unbedingt dieses Haus mit den ausgestopften Tieren. Als die Haustürklingel läutete, schauten alle in diese Richtung.

»Ich gehe aufmachen«, erbot sich Jeb.

»Bitte«, wandte sich Roger an Regina, »bitte, geh du.«

Sie stand auf. Ich wollte dir nie das Leben schwermachen, dachte Roger. Wie um ihn zu beruhigen, sagte sie: »Das kann die Polizei noch nicht sein. Thomassy ruft gerade erst an.« Dann war sie fort, ließ ihn allein in einem Zimmer voller Kinder, mit denen er nicht reden konnte, jetzt nicht.

Er hörte, wie Regina sagte: »Einen Moment.« Dann knarrte die schwere Haustür.

Regina kam zurück; ihr Gesicht war aschfahl. »Grecos Vater«, sagte sie. »Er will wissen, wo sein Sohn ist.«

»Aber genau«, bestätigte der hochgewachsene Mann, der ihr gefolgt war. Er war größer und jünger als Roger und trug ein kariertes Arbeitshemd aus Baumwollflanell unter seinem Overall.

Er nickte Roger zu, dann Jeb und Donald. Er kannte die Jungen.

In diesem Augenblick kehrte Thomassy aus der Küche zurück, erfaßte in Sekundenschnelle die Ähnlichkeit zwischen dem Gesicht dieses Schwarzen und dem Gesicht des Jungen im Keller und streckte vorsichtig die Hand aus.

»Mein Name ist Thomassy.«

Doch Grecos Vater schüttelte niemandem die Hand. »Ich will mit meinem Jungen sprechen«, sagte er nur.

Die Antwort war Schweigen.

»Ich weiß, daß er hier ist.«

Thomassy setzte alles auf eine Karte. Später würde nur sehr schwer etwas aus ihm herauszubekommen sein. »Mr.?« Das war eine Frage.

»Ackers«, antwortete Grecos Vater. »Wo ist mein Junge?«

»Mr. Ackers, wissen Sie, daß sich Ihr Sohn illegal betätigt hat?«

»Was reden Sie da?« Ackers musterte die Jungen auf der anderen Seite des Zimmers und fragte dann Thomassy: »Sind Sie 'n Cop?«

»Nein, Mr. Ackers.«

»Verdammt, warum reden Sie dann über legal und so? Mein Junge muß Geld verdienen; das müssen die da drüben nicht.«

»Mr. Ackers«, erwiderte Thomassy, »ich sprach nicht von Heroin.«

»Nehmen Sie sich in acht, Mister. Ich hab' nie geduldet, daß mein Junge das harte Zeug handelt.«

»Nur Gras.«

»Wo ist er?«

»Nur Gras?«

»Ich brauch' Ihre Fragen nicht zu beantworten.«

»Als Sie ihn in dieses Geschäft einführten, glaubten Sie da...«

Ackers hob die rechte Hand. »Halten Sie sofort den Mund!«

»Ich zeige Ihnen, wo Ihr Junge ist, Mr. Ackers«, sagte Thomassy und trat gelassen an der erhobenen Hand vorbei. Als Ackers sich umwandte, um ihm zu folgen, sah Thomassy, daß ein schwarzer Griff aus der Tasche seines Overalls ragte. Nur ein Afro-Kamm?

Das Risiko mußte er auf sich nehmen.

»Kommen Sie mit, Mr. Ackers.« Alle Anwesenden sahen zu, wie Thomassy ihn zur Hintertreppe führte.

Sie warteten. Dann kam es: ein rauher Urschrei tief aus dem Keller.

Thomassy beobachtete den Mann im Overall, der sich über den leblosen Körper beugte, das Gesicht vom plötzlichen Schmerz verzerrt wie auf einem Katastrophenfoto. Thomassy sammelte sich, um gestählt zu sein. Er mußte überlegen, wie er mit dem Mann fertig werden, wie er ihn im Zeugenstand an die Kandare nehmen und in Wut bringen konnte, damit er zu fauchen begann und dem Gericht seine latente Gewalttätigkeit zeigte.

Der Mann erhob sich; seine Augen waren rot geädert.

»Wer war das?«

Thomassy wußte genau, wie groß der Vorteil war, wenn man die Hinterbliebenen, was selten vorkam, in der ersten Minute nach Bekanntwerden des Todes vor sich hatte. Wenn er diesem Fremden jetzt den Arm um die Schultern legt, schüttelt der ihn nur ab. Der wollte keine freundliche Zuwendung. Der wollte Rache.

»Mr. Ackers, mein herzlichstes Beileid. Ihr Sohn war in ein gefährliches Spiel verwickelt.«

»Sie...« Atemlos rang Ackers um einen Ausdruck für seine Wut. Thomassy sah seine Schultern, seine Arme, die verkrampften Hände. Ein Wutanfall kündigte sich an.

»Sie wissen, ich bin kein Cop.«

»Sie halten den Mund!« Der Mann blickte auf Greco, der dalag, ein Auge weit offen, das andere halb geschlossen, ohne daß die Pupille zu sehen war. Wieder bückte sich Ackers zu der Leiche, griff in Grecos linke Hosentasche und zog unter Schwierigkeiten eine Geldscheinklammer heraus. Sie enthielt mehrere große Banknoten.

»Es war ja gar nicht wegen dem Geld«, sagte Ackers. »Es war wegen dem Haß.«

»Bitte, bleiben Sie ruhig, Mr. Ackers«, sagte Thomassy.

Ackers richtete sich auf. »Gehen Sie aus dem Weg!«

Thomassy rührte sich nicht, bis Ackers ihn einfach beiseite schob.

»Ruhig Blut, Mann!« sagte Thomassy, der wußte, daß er damit das Gegenteil erreichte.

Oben hörten sie das rasche Poltern von Schritten. Ackers kam ins Zimmer gestürzt. Er breitete beide Arme aus, zornig anklagend wie die italienische Mutter in einem Film, den Regina vor vielen Jahren einmal gesehen hatte. Trotz ihrer Angst stand sie auf, um zu ihm zu gehen, doch hielten sie die Worte, die er in den Raum hineinschleuderte, zurück. »Wer von euch hat das getan?«

Hinter ihm sagte Thomassy: »Ich weiß, was für ein Schlag dies für Sie ist, Mr. Ackers.« Er versuchte, ihn zu einem Sessel zu führen.

Regina streckte beide Hände nach Ackers aus, aber er wehrte sie mit einer groben Geste ab und wiederholte mit rauher Stimme: »Irgend jemand hat das getan! Ich will wissen, wer es war!«

»Vielleicht«, mischte sich Thomassy ruhig ein, »könnte man sagen, daß er es sich selbst angetan hat.«

»Verrückt, Mann! Ham Sie gesehn, wie sein Kopf eingeschlagen ist? Wie soll sich jemand selbst den Schädel einschlagen?« Sein Blick wanderte von einem Gesicht zum anderen. »Wer war es? Wer soll meiner alten Lady sagen, was ihr meinem Jungen angetan habt, wer?«

»Mr. Ackers«, sagte Thomassy, »Ihr Sohn hat Mr. Maxwell angegriffen. Mit…«

Er hielt inne, weil Ackers ein Messer aus der Tasche seines Overalls gezogen hatte und die Klinge aufschnappen ließ. »Du Schwein!« sagte er zu Thomassy.

Jetzt wußte Thomassy alles, was er für eine Auseinandersetzung im Gerichtssaal wissen mußte. Ein Dealer der zweiten Generation. Ein Messerstecher der zweiten Generation.

»Ich muß Sie warnen, Mr. Ackers«, sagte er. »Ich habe mich schon mal mit Judo gegen einen Messerstecher gewehrt, und der war dann weit unterlegen.« Das traf nicht zu, aber es brachte Ackers doch vorübergehend zur Besinnung.

»Mr. Ackers!« sagte jetzt Roger Maxwell und zog seinen Revolver aus der Jackentasche.

Großer Gott, dachte Thomassy, *woher hat der das verdammte Ding? Jetzt hätte ich beinahe gewonnen, und er macht wieder alles kaputt!*

Ackers drehte sich zu Maxwell um. »Wir sind hier nicht im Süden, du Scheißkerl! Mich kannst du nicht umbringen, wie du meinen Jungen umgebracht hast!«

Thomassys Ohren hatten wie die eines Jagdhundes den Wagen auf dem Kies gehört. Als daher die Haustürklingel schrillte, war er der einzige, der nicht zusammenzuckte.

»Ich schlage vor, Sie stecken jetzt beide die Waffen weg«, sagte Thomassy. »Das ist nämlich die Polizei.«

Er ging zur Haustür und öffnete sie. Der Polizist, der draußen stand, war nicht älter als zwei- oder dreiundzwanzig Jahre, ein junger Mann mit steingrauen, harten Augen. *Mach mir keine Schwierigkeiten*, sagten sie. *Komm mir bloß nicht mit der Scheißmenschlichkeit.* Thomassy warf einen kurzen Blick auf die Pistole, die, um schneller zur Hand zu sein, um die linke Hüfte geschnallt war. Zuviel Steve McQueen gesehen. Unbeugsame Cops wie der hier gehörten nicht in diesen Teil Westchesters.

Der Polizeiwagen stand direkt hinter seinem metallic-grauen Thunderbird. Thomassy sah, wie sich die Frau drinnen umdrehte und durch das Rückfenster zu ihm und dem Polizisten herausschaute. Er hoffte, daß sie vernünftig genug war, um sitzen zu bleiben.

In diesem Augenblick bog ein zweiter Polizeiwagen von der Fox Lane her in die Einfahrt ein. *Verdammt noch mal*, dachte Thomassy, *ich habe nichts von einem Verbrechen gesagt. Ich habe gesagt: ein Todesfall. Warum schicken sie diesen zweiten Wagen?*

Der zweite Wagen kam quer zum Stehen und blockierte so die Ausfahrt. Der Polizist, der ausstieg, war älter. Und er war schwarz.

16

Als der schwarze Cop den jungen sah, sagte er: »He, du wilder Jäger, wer hat dich denn aus dem Revier rausgelassen?«

Der junge Polizist wurde rot. Er ließ sich nicht gern vor Zivilisten hochnehmen. Schließlich war es nicht seine Schuld, daß er einen Wahnsinnigen in einem Aston Martin mit neunzig Meilen pro Stunde bis zum Hawthorn Circle gejagt und dann in diesem Irrgarten von Kleeblattkreuzungen verloren hatte.

Zu Thomassy sagte er: »Haben Sie angerufen?«

Thomassy stellte sich vor und führte die beiden in das voll besetzte Wohnzimmer. Ackers war in einen Lehnsessel gesunken und schluchzte. Sein Messer war nirgends zu sehen.

Thomassy sah zu Maxwell hinüber. Hatte er den Revolver eingesteckt? Er mußte ihn ihm unbedingt wieder abnehmen.

Roger hatte beide Hände auf den Knien, damit man nicht sah, wie sie zitterten, und blickte zu den Polizisten auf.

Thomassy war überaus gewandt. »Gentlemen«, wandte er sich an die Cops, »dies ist Mr. Ackers. Sein Sohn hat einen schweren Unfall gehabt.«

Ackers hob nicht einmal den Kopf.

Roger dagegen stand auf, als Thomassy wie bei einer feierlichen Gesellschaftsangelegenheit sagte: »Und das ist Mr. Maxwell, der Besitzer dieses Hauses. Und Mrs. Maxwell.«

Regina nickte kaum wahrnehmbar.

»Die Kinder«, erklärte Thomassy weiter, »haben ein paar Freunde zu Besuch.«

»Wo ist der Tote?« erkundigte sich der junge Cop.

»Im Keller«, antwortete Thomassy. »Ich gehe voraus.«

Kaum waren sie außer Sichtweite, da dachte Roger: *Was hindert mich eigentlich daran, einfach zum Haus hinauszugehen und nach Kanada zu fahren?* Er sah Regina an.

»Komm, setz dich zu mir«, bat sie und klopfte neben sich auf die Couch.

Im Keller beobachtete Thomassy die Mienen der Cops, als sie Grecos Leiche sahen. Der junge Polizist zuckte nicht mit der Wimper. Der Schwarze sagte: »Hat diese Person« – er deutete auf den Toten – »hier eingebrochen? Soweit Sie wissen, meine ich.«

»Diese Person«, antwortete Thomassy, dankbar für die Wortwahl, »war von einem der Söhne eingeladen worden.«

Jetzt besser weiterreden. Bestimmt wollen sie wissen, was ein neunzehnjähriger Schwarzer mit einem sechzehnjährigen Weißen zu schaffen hat.

»Officer«, wandte sich Thomassy respektvoll an den schwarzen Cop, »hier ist meine Karte. Die meisten Beamten kennen mich. Mr. und Mrs. Maxwell hatten keine Ahnung, daß dieser Freund ihres Sohnes hier in der Gegend ein bekannter Rauschgifthändler war. Und Sie werden, glaube ich, feststellen, daß sein Vater – das ist der Mann oben – ebenfalls einschlägig bekannt ist. Als Mr. Maxwell entdeckte, daß der Tote das Maxwell-Haus als Versteck für große Mengen Rauschgift benutzte und sogar von hier aus Verkäufe tätigte, wies er den Jungen mit seiner« – jawohl, *nutz es aus!* – »weißen Freundin und dem Rauschgift hinaus. Es waren mindestens zwei Kilo. Als der Tote das zweite Kilopaket holen wollte, das er im Keller versteckt hatte, bedrohte er Mr. Maxwell mit dem Springmesser, das dort liegt. Mr. Maxwell verteidigte sich mit dem einzigen Gegenstand, den er zur Hand hatte, mit einer ganz gewöhnlichen Stablampe.«

Der schwarze Beamte betrachtete die Leiche. »Ich werde Maxwell mitnehmen müssen. Sie sagten, der Vater – der andere Mann – sei ebenfalls im Rauschgiftgeschäft?«

»In seiner linken Tasche werden Sie eine Geldscheinklammer mit großen Banknoten finden. Er hat sie dem Toten abgenommen.«

»Haben Sie das selbst gesehen?«

Thomassy nickte. »Außerdem hat er, glaube ich, ein identisches Springmesser bei sich.«

»Identisch womit?«

»Mit dem da.« Thomassy deutete auf Grecos Messer, das auf dem Fußboden lag.

»Da muß Anzeige erstattet werden«, erklärte der schwarze Cop.

»Die werde ich unterschreiben«, sagte Thomassy. *Alles für den Mandanten.*

»Für das da werden wir einen Krankenwagen rufen müssen«, sagte der junge Cop. Dem Schwarzen paßte es ganz eindeutig nicht, daß sein Kollege den Toten »das da« nannte.

»Mach nur«, sagte er, »dann reißen dir die Kriminaler den Arsch auf.«

Der junge Polizist wurde blutrot.

Der Schwarze wandte sich an Thomassy. »Unerfahrenheit, weiter nichts.« Und dann sagte er zum anderen: »Such dir ein Telefon. Sag denen, sie sollen den Fotografen vom Coroner schicken. Was du sonst noch tun kannst, werden dir schon die Kriminaler sagen.«

Mit grimmiger Miene stieg der junge Cop auf der Suche nach einem Telefon die Kellertreppe hinauf. Der Schwarze schüttelte den Kopf.

Im Wohnzimmer ließ Regina Roger allein, um dem jungen Polizisten das Telefon zu zeigen.

Als der schwarze Polizist mit Thomassy heraufkam, sagte er zu Ackers: »Tut mir leid, ich weiß, dies ist ein sehr schwerer Augenblick für Sie, aber ich muß Sie bitten, Ihre Taschen zu leeren.«

»Warum?« Ackers schoß einen Blick zu Thomassy hinüber.

»Haben Sie eine Klammer mit Geldscheinen in der Tasche?«

Langsam holte Ackers den Clip heraus.

»Gehört Ihnen das Geld?« fragte der schwarze Cop.

»Meinem Jungen.«

»Darf ich mal sehen?«

Widerwillig reichte Ackers ihm die Klammer. Der schwarze Polizist löste die Scheine heraus, zählte sechs Hunderter, einen Zwanziger und einen Zehner.

»Haben Sie ihm dieses Geld gegeben?«

Ackers schwieg.

»Wo hat er gearbeitet?« fragte der schwarze Cop. »Der muß ja einen fabelhaften Job gehabt haben.«

»Na hör'n Sie mal!« fuhr Ackers auf.

Sehr ruhig sagte Thomassy zu dem schwarzen Polizisten: »Sie sollten ihm lieber den Miranda-Vers vorbeten.«

»Ja. Danke.« Der schwarze Polizist instruierte nun Mr. Ackers in der üblichen Terminologie über seine Rechte. Dann fragte er: »Wollen Sie uns jetzt sagen, wo Ihr Sohn gearbeitet hat?«

Da platzte Donald auf der anderen Seite des Zimmers heraus: »Er hat gar keinen Job gehabt.«

Jeb sah aus, als hätte er Donald am liebsten erwürgt.

»Woher hatte er dann das Geld?« fragte der Cop Mr. Ackers.

»Ich brauch' nichts zu sagen.«

»Leeren Sie Ihre Taschen aus!«

»Warum?«

»Weil wir Sie mitnehmen.«

»Sind Sie verrückt, Mann?« sagte Ackers. »Er bringt meinen Jungen um, und *mich* wollt ihr mitnehmen?«

»Leeren Sie Ihre Taschen aus!«

Roger merkte, wie mühsam Ackers seine Wut unterdrückte. Aus der linken Tasche zog er eine Schachtel Streichhölzer. Dann stülpte er die Tasche ganz heraus, um zu zeigen, daß sie leer war. Anschließend stopfte er sie wieder hinein. Aus der hinteren Hosentasche holte er den Afro-Kamm.

»Wollt ihr den?«

»Stecken Sie ihn wieder ein«, befahl der schwarze Cop, den Blick auf Akkers rechte Tasche geheftet. »Die da!« sagte er dann.

Ackers zog ein schmutziges Taschentuch heraus, dann einen Schlüsselring mit vier Schlüsseln. Der Cop ließ ihn nicht aus den Augen. Ackers holte das Springmesser heraus.

Der Cop streckte die Hand nach der verbotenen Waffe aus. »Ich verhafte Sie«, sagte er.

»Ich hab' nichts getan! Ihr wißt, daß ich nichts getan habe!«

»Raus!« sagte der Cop, Ackers am Arm packend.

Ackers schüttelte die Hand ab.

»Mann, das hätten Sie nicht tun sollen«, sagte der schwarze Polizist. Er nahm die Handschellen von seinem Gürtel.

»Seid ihr verrückt? Dieser Scheißer da hat meinen Jungen ermordet!«

In diesem Augenblick kam Regina, den jungen Cop auf den Fersen, aus der Küche zurück. Wie auf ein verabredetes Signal packte der junge Cop Ackers Arme, während der Schwarze ihm die Handschellen anlegte.

»Gebt mir das Geld von meinem Jungen zurück!«

»Auf dem Revier kriegen Sie eine Quittung«, sagte der schwarze Cop. »Los!«

Roger beobachtete den Ausdruck auf dem Gesicht des jungen Polizisten, als er den Gefangenen am Arm zur Tür zerrte. *Der würde ihn bei der kleinsten Gelegenheit umlegen.*

Thomassy nutzte den Umstand aus, daß die anderen abgelenkt waren, schob sich dicht an Maxwell heran und flüsterte: »Sehen Sie zu, daß Sie den Revolver loswerden! Geben Sie ihn mir!«

»Steckt schon hinter dem Sofakissen«, antwortete Roger.

Thomassy nickte.

Die Kinder sahen alles mit an. »Kinder, wollt ihr hinaufgehen und im Bestiarium spielen?« fragte Regina.

Als Jeb den Kopf schüttelte, schüttelten die anderen ebenfalls den Kopf.

»Na dann«, sagte der schwarze Polizist und winkte Roger, ihm zu folgen.

Roger trat ins Freie, froh, das Simeon-King-Haus verlassen zu können.

Die Luft war kühl und duftete sauber. Über ihm reckten sich die grünen Äste der Hemlocktanne sanft geschwungen gegen den aufgeklarten Himmel, an dem nur noch vereinzelte Wölkchen dahinzogen.

Das Handgemenge kam unerwartet. Gerade als der junge Cop die hintere Tür seines Wagens öffnete, holte Ackers mit den gefesselten Händen aus und versetzte ihm einen Schlag auf den Kopf, der ihn aus dem Gleichgewicht brachte. Dann lief er los und rannte stolpernd auf den dichten Wald hinter dem rückwärtigen Garten zu. *Er ist vorbestraft*, dachte Roger, *er will fliehen.*

Während sich der überraschte junge Cop aufrappelte, lief der schwarze Polizist bereits hinter Ackers her und schrie: »Stehenbleiben! Sie machen sich ja unglücklich, Mann!« Er holte ihn ein, sprang den Gefesselten, wie er es wohl früher beim Sport gelernt hatte, in Hüfthöhe an und stürzte mit ihm zusammen zu Boden. Als sich der schwarze Cop umdrehte, stand schon der junge neben Ackers und hatte seine Pistole gezogen.

»Steck das Ding weg!« sagte er.

Blaß vor Verlegenheit verstaute der junge Cop die Waffe in der Pistolentasche.

»Und jetzt sieh zu, daß du ihn in den Wagen kriegst.«

Der junge Mann stemmte Ackers hoch und schob ihn mit der Hand vor sich her. Diese verdammten Kinder hatten sich alle vor dem Haus versammelt und sahen zu.

»Ich hab' keine Gitter im Wagen«, sagte der junge Cop.

»Dann setz ihn in meinen«, antwortete der schwarze Cop, der den Staub von seiner Uniform klopfte. »Ich nehm' ihn mit.«

Als der schwarze Cop mit Ackers davonfuhr, winkte der junge Roger zum anderen Wagen hinüber.

Die Nachbarn werden mich sehen, dachte Roger. *Das Polizeirevier liegt mitten in der Stadt. Alle werden mich sehen, wenn ich aussteige.*

Thomassy ahnte, daß sich etwas zusammenbraute, und ging mit raschen Schritten auf Roger zu. »Es ist nur eine kurze Fahrt. Ich komme mit meinem Wagen nach.«

»Nein«, sagte Roger und begann, mit klopfendem Herzen die Einfahrt in Richtung Fox Lane hinabzumarschieren.

»He, wohin wollen Sie?« schrie der junge Cop.

Roger hatte ungefähr zwanzig Schritte zurückgelegt, immer mit dem Gedanken: *Wenn mich die Leute in diesem Wagen sehen, ist es aus.*

Thomassy lief hinter Roger her. *Ich darf nicht zulassen, daß er jetzt in Panik gerät.* Er packte Roger am Arm, riß ihn herum und sah den Ausdruck auf dem Gesicht des beleidigten Cop.

Und dann schrie Jeb, dieser Wahnsinnige: »Mein Vater hat einen Revolver!«

»Das ist nicht wahr!« protestierte Thomassy, als er merkte, daß der junge Cop wieder die Waffe zog.

Regina schüttelte die Kinder ab, rannte an Thomassy vorbei und warf schützend beide Arme um Roger.

Thomassy lief auf den jungen Polizisten mit den wilden Augen zu. »Keine unnötige Gewaltanwendung!« warnte er.

»Das ist Widerstand gegen die Staatsgewalt!« rief der junge Cop und bedeutete Thomassy mit seiner Pistolenhand, aus dem Weg zu gehen.

Gott steh mir bei! dachte Thomassy. *Ich hab's mit zwei Jungfrauen zu tun!*

Während Thomassy ruhig auf den Polizisten zuging und bat: »Lassen Sie mich das regeln«, lief Jeb zu seiner Mutter hinüber und versuchte, sie von Roger wegzuzerren, indem er mit aller Kraft an ihrem Arm zog. Roger klammerte sich wie in Trance an Regina, sein Schutzschild, bis er nicht mehr konnte und der stärkere Junge sie zu sich herüberzog, während er rief: »Der Revolver steckt in seiner rechten Tasche!«

Thomassy fuhr herum, kehrte der Pistole des Polizisten den Rücken und sah gerade, wie Roger mit der Rechten an seine Tasche griff. *Diese verdammte, idiotische Jungfrau! Jetzt will er beweisen, daß seine Tasche leer ist.* »Nein! Tun Sie das nicht!« brüllte er Roger an. Er drehte sich um, sah, daß der junge Cop die Pistole auf den linken Unterarm legte und rief ihm zu: »Er ist harmlos!« In allerletzter Sekunde aber trat er, wie es alle Anwälte tun müssen, beiseite. Regina schrie, und der junge Polizist drückte ab.

Die großen Romane von
Morris L. West
*garantieren fesselnde
Spannung und gediegene
Unterhaltung*

KNAUR-TASCHENBÜCHER

Knaur Krimis

Fesselnd · knisternd · brillant

Scharnow:
Ob Sie allein verreisen wollen, oder zu zweit. Mit der Familie, oder dem Verein.

Scharnow erfüllt Ihren speziellen Urlaubswunsch.

♛ SCHARNOW
Urlaub mit den vielen Extras